Lukians *Hetärengespräche* sind eine Sammlung von 15 kleinen Episoden in Dialogform. Nach einer Bildhauerlehre ging der griechische Dichter Lukian als sophistischer Wanderlehrer ins Ausland; seine Reisen führten ihn durch Asien, Griechenland, Italien und Gallien. Später ließ er sich in Athen als kaiserlicher Sekretär im ägyptischen Verwaltungsdienst nieder. Er hinterließ etwa 80 Schriften, deren feuilletonistisch gehaltener Stil voller Satire und Komik ist. In den *Hetärengesprächen* geht es um das alte neue Thema Liebe. Man spannt sich gegenseitig die Liebhaber aus oder unterhält sich über Kundenpsychologie, auch Liebeszauber spielt eine Rolle, oder aber es wird berichtet, wie ein Liebhaber zum Teufel geschickt wird, weil er stets nur Zwiebeln, Käse und Heringe als Geschenk mitbringt.

insel taschenbuch 408

Lukian

Hetärengespräche

Lukian
Hetärengespräche

ÜBERTRAGEN VON

HORST GASSE

MIT ZEICHNUNGEN VON

HEIN HECKROTH

INSEL VERLAG

insel taschenbuch 408
Erste Auflage 1982
Deutsche Übersetzung: Lizenzausgabe mit freundlicher Genehmigung der Dieterich'schen Verlagsbuchhandlung Leipzig, Deutsche Demokratische Republik © 1960
Zeichnungen: © Ada Heckroth, Frankfurt am Main 1982
Nachwort: © Insel Verlag Frankfurt am Main 1982
Vertrieb durch den Suhrkamp Taschenbuch Verlag
Typografie: Michael Hagemann
Satz: LibroSatz, Kriftel
Druck: Nomos Verlagsgesellschaft, Baden-Baden
Printed in Germany

Hetärengespräche

I

GLYKERA · THAIS

Glykera Thais, kannst du dich noch auf den Soldaten aus Akarnanien besinnen, der vorher die Abrotonon hatte und sich dann in mich vergaffte, weißt du, den mit dem Purpursaum, in dem weiten Mantel, oder hast du ihn vergessen?

Thais Nein, ich entsinne mich seiner recht gut, kleine Glykera, er hat vorm Jahr am Erntefest mit uns gezecht. Was soll's? Anscheinend hast du etwas auf dem Herzen, was ihn betrifft.

Glykera Gorgona, das Schandweib, die immer so tat, als sei sie meine Freundin, hat sich an ihn herangemacht und ihn mir ausgespannt.

Thais Und jetzt kommt er nicht mehr zu dir und hat sich Gorgona zur Freundin erkoren?

Glykera Ja, Thais; die Sache ist mir gehörig nahegegangen.

Thais Das ist schlimm, kleine Glykera, aber nichts Ungewöhnliches; so etwas kommt unter uns Hetären öfters vor. Das darfst du weder zu tragisch nehmen noch der Gorgona zum Vorwurf machen. Abrotonon hat sich seinetwegen auch nicht über dich beschwert, und dabei wart ihr doch Freundinnen. Aber ich kann nicht begreifen, was dieser Soldat so Begehrenswertes an Gorgona gefunden hat, er müßte denn gänzlich blind sein und nicht gesehen haben, daß sie dünnes Haar hat, das weit von der Stirn absteht, ihre Lippen blau wie bei einer Leiche sind, an ihrem mageren Halse die Adern heraustreten und daß sie eine lange Nase hat. Nur eins muß man zugeben: sie ist eine Riesin, gerade gewachsen und kann betörend lächeln.

Glykera Denkst du etwa, Thais, der Akarnanier hat sich in ihre Schönheit verguckt? Weißt du nicht, daß ihre Mutter Chrysarion eine Hexe ist, die thessalische Zauberlieder kennt und den Mond herunterholen kann? Es heißt sogar, sie fliege des Nachts. Sie war's, die den Menschen in diesen Wahn versetzt hat; sie hat ihm was von ihren Mittelchen in den Wein geschüttet, und nun schröpfen sie ihn.

Thais Dafür wirst du, Glykerchen, einen andern schröpfen, und ihn laß nur gehn.

Hein Heckroth 4.VI.1940

2

MYRTION · PAMPHILOS · DORIS

Myrtion Du heiratest also die Tochter des Kapitäns Philon, Pamphilos, oder hast vielmehr schon geheiratet, wie es heißt. Die vielen Eide, die du geschworen hast, und die Tränen, alles ist im Nu dahin. Deine Myrtion hast du vergessen, und das, wo ich schon im achten Monat bin. Das einzige, was ich von deiner Liebe habe, ist demnach der dicke Bauch, den du mir verschafft hast, und es dauert nicht lange, so muß ich das Kind nähren, eine recht lästige Angelegenheit für eine Hetäre. Denn aussetzen will ich es nicht und besonders, wenn es ein Junge ist; dann will ich ihn Pamphilos nennen und zum Trost für meine Liebe haben. Und eines Tages wird er zu dir kommen und dir Vorwürfe machen, daß du so treulos gegen seine unglückliche Mutter gewesen bist. Aber schön ist deine Zukünftige nicht. Ich sah sie vor kurzem an den Thesmophorien mit ihrer Mutter, wußte aber damals noch nicht, daß ich durch sie um den Anblick meines Pamphilos kommen würde. Ich rate dir, schau auch du sie dir vorher noch einmal genau an, achte auf ihr Gesicht und ihre Augen und werde nicht mißmutig, wenn du feststellst, daß sie stechende, verstellte Katzenaugen hat, deren Blick nach innen geht. Du hast es sogar noch einfacher. Dir ist Philon, der Vater deiner Braut, bekannt; stelle dir sein Gesicht vor, und du brauchst seine Tochter gar nicht erst anzuschauen.

Pamphilos Meine Myrtion, muß ich dich noch länger von Kapitänstöchtern und ihren Hochzeiten faseln hören? Was weiß ich von einer Braut, mag sie nun schön sein oder eine Stupsnase haben? Weiß ich, ob Philon aus Alopeke[1] – den meinst du ja wohl – überhaupt schon eine für die Ehe reife Tochter hat? Auf meinen Vater ist er nicht einmal gut zu sprechen; denn, wie ich mich entsinne, hat er erst vor ganz kurzer Zeit mit diesem wegen einer geschäftlichen Sache einen Prozeß gehabt. Er schuldete meinem Vater – ich glaube – ein Talent und wollte seinen Verpflichtungen nicht nachkommen; da brachte ihn dieser vor das Seegericht und erreichte nur mit Mühe, daß er zahlte, aber nicht einmal das Ganze, wie mein Vater sagte. Doch gesetzt den Fall, ich hätte wirklich den Entschluß gefaßt zu heiraten, würde ich dann die Tochter des Demeas, der im vorigen Jahr das Feldherrnamt innehatte, übergangen haben, noch dazu, wo sie meine Kusine mütterlicherseits ist, und die des Philon zur Frau nehmen? Sag aber einmal, wer hat dir denn diesen Floh ins Ohr gesetzt? Oder hast du selbst so etwas ausgeheckt, was dir Gelegenheit zu unbegründeten Eifersüchteleien gibt, Myrtion, und kämpfst nun gegen ein Phantom?

Myrtion Du heiratest also nicht, Pamphilos?

Pamphilos Bist du von Sinnen, Myrtion, oder hast du

einen sitzen? Wir sind aber doch gestern relativ mäßig gewesen.

Myrtion Hier Doris war's, die mir den Schmerz bereitet hat. Ich hatte sie geschickt, mir Wolle für meinen Leib zu besorgen und für mich zur Helferin der Kreißenden[2] zu beten. Sie sagte, da hätte sie Lesbia getroffen, – aber Doris, berichte ihm lieber selbst, was du gehört hast, es sei denn, du hättest dir alles aus den Fingern gesogen.

Doris Ich will nicht länger leben, Herrin, wenn ich in irgendeinem Punkte gelogen habe. Als ich in der Nähe des Prytaneions war, kam mir Lesbia entgegen, die süffisant lächelte und sagte: »Euer Liebhaber Pamphilos heiratet Philons Tochter.« Wenn ich es nicht glaubte, sollte ich nur in eure Gasse gucken, da würde ich alles bekränzt sehen und die Flötenspielerinnen, den Lärm und die Leute bemerken, die den Brautgesang anstimmten.

Pamphilos Und hast du hineingesehen, Doris?

Doris Freilich, und ich fand ihren Bericht vollauf bestätigt.

Pamphilos Jetzt geht mir ein Licht auf, wodurch ihr euch habt irreführen lassen. Doris, Lesbia hat dich nicht durchweg belogen, und du hast Myrtion die Wahrheit berichtet; nur habt ihr euch umsonst aufgeregt; denn die Hochzeit fand nicht bei uns statt. Jetzt fiel mir ein, daß ich gestern, als ich von euch heimkehrte, meine Mutter sagen hörte: »Pamphilos, nun heiratet unseres

Nachbarn Aristainetos Sohn Charmides, der in deinem Alter ist. Das ist ein solider Mensch; aber du, wie lange noch willst du mit einer Hetäre leben?« Ich hörte nur mit halbem Ohr auf ihre Worte und sank in tiefen Schlaf. Dann ging ich früh am Morgen aus dem Hause, und so sah ich nichts von dem, was Doris später beobachtete. Wenn du es nicht glaubst, mag sie noch einmal hingehen und nicht bloß in die Gasse hineinsehen, sondern genau darauf achten, welche Tür mit Kränzen geschmückt ist, und sie wird finden, daß es die der Nachbarn ist.

Myrtion Pamphilos, du hast mich dem Leben wiedergegeben. Ich hätte mich erhängt, wenn so etwas geschehen wäre.

Pamphilos Es wäre gar nicht in Frage gekommen, und ich bin nicht so wahnsinnig, daß ich mein Myrtilein vergessen könnte, zumal wo sie von mir ein Kind unterm Herzen trägt.

1 attischer Bezirk 2 Artemis Eileithyia

Hein Heckroth 4. VI. 1940

3
PHILINNA · DIE MUTTER

Mutter Hat dich der Hafer gestochen, Philinna, oder was ist dir gestern beim Gelage in die Krone gefahren? Diphilos kam früh am Morgen mit Tränen im Auge zu mir, schüttete mir sein Herz aus und beklagte sich darüber, wie du ihn behandelt hättest. Du seiest betrunken gewesen, hättest dich erhoben und vor der Gesellschaft herumgetanzt, wie sehr er dich auch davon habe abhalten wollen; danach hättest du seinen Freund Lamprias geküßt, und als Diphilos auf dich böse war, seiest du von ihm weg zu Lamprias gegangen und hättest ihn in deine Arme genommen. Er sei beinahe vor Ärger erstickt dabei. Nicht einmal des Nachts hast du, glaube ich, bei ihm geschlafen, sondern ihn seinen Tränen überlassen, allein auf einem in der Nähe stehenden Feldstuhl gelegen und vor dich hingeträllert, nur um ihn zu ärgern.

Philinna Aber, Mutter, von seinem flegelhaften Benehmen hat er dir nichts gesagt; sonst hättest du nicht für den gemeinen Menschen Partei genommen, der mich vernachlässigte und mit Thais, der Freundin des Lamprias, tuschelte, solange dieser noch nicht da war; und als er sah, daß ich wütend war und ich ihn durch Zeichen auf das Ungehörige seines Verhaltens aufmerksam machte, Thais am Ohrläppchen nahm, ihren Nacken zurückbog und sie so heiß und anhaltend küßte, daß seine Lippen kaum wieder von ihr loskamen! Da stürzten mir die Tränen aus den Augen; aber er lachte und sagte Thais dauernd was ins Ohr, offenbar über mich, und sie sah immer zu mir hin und lächelte. Als sie merkten, daß Lamprias kam, und sie die ewige Küsserei endlich satt hatten, wollte ich ihm für später keinen Vorwand zu Vorwürfen geben und legte mich dennoch an seine Seite. Thais aber stand auf und tanzte zuerst, wobei sie ziemlich weit ihre Knöchel sehen ließ, als hätte sie allein schöne Füße. Und als sie aufhörte, verhielt sich Lamprias still und sagte nichts; aber Diphilos pries den rhythmischen Fluß ihrer tänzerischen Bewegungen, die Harmonie, die zwischen dem Spiel ihrer Füße und den Klängen der Zither walte, die Schönheit ihrer Knöchel und wer weiß was sonst noch über alle Maßen, als gelte es, die Sosandra des Kalamis[1] zu loben und nicht Thais, von der ja auch du weißt, wie sie aussieht; waren wir doch zusammen im Bade. Thais mußte mir natürlich auch gleich was versetzen. »Wenn man sich seiner dünnen Beine nicht schämt, mag man aufstehen und ebenfalls tanzen!« Was sollte ich darauf erwidern, Mutter? Ich stand also auf und tanzte. Was hätte ich sonst tun sollen? Es hinnehmen, damit die Berechtigung ihres Spotts zugeben und Thais die Königin des Mahles werden lassen?

Mutter Das war eine übertriebene Empfindlichkeit,

meine Tochter; du brauchtest gar nicht dergleichen zu tun. Doch sage, was kam dann?

Philinna Nun, die andern geizten nicht mit ihrem Beifall, nur Diphilos lehnte sich zurück und starrte zur Decke, bis ich müde war und aufhörte.

Mutter Die Küsserei mit Lamprias stimmte also, das Hinüberwechseln zu ihm und die Umarmung? Du schweigst? Das ging zu weit.

Philinna Ich wollte ihn wieder ärgern.

Mutter Und dann schliefst du auch nicht mit ihm, sondern trällertest auch noch angesichts seiner Tränen deine Liedchen? Ist dir nicht bekannt, daß wir bettelarm sind, und denkst du nicht mehr daran, was wir alles von ihm erhielten und wie wir den vergangenen Winter verbracht hätten, wenn uns nicht Aphrodite ihn gesandt hätte?

Philinna Wie? Soll ich deswegen seine Beleidigungen hinnehmen?

Mutter Du kannst ruhig deinem Zorn freien Lauf lassen; aber suche nicht Kränkung durch Kränkung zu vergelten! Weißt du nicht, daß Liebende auch wieder aufhören, einander böse zu sein, und sich dann hinterher selber Vorwürfe machen? Du bist immer hart gegen den Menschen gewesen; sieh zu, daß es uns nicht geht, wie's im Sprichwort heißt, und wir das Seil zerreißen, wenn wir es zu straff spannen.

1 berühmte Statue einer verschleierten Tänzerin auf der Akropolis, geschaffen von Kalamis dem Jüngeren (1. Hälfte des 4. Jh. v. Chr.)

4

MELITTA · BAKCHIS

Melitta Bakchis, wenn du ein altes Weib weißt, das zaubert und einer Frau Anziehungskraft zu verleihen versteht, auch wenn sie noch so verhaßt ist – und solche soll es in Thessalien viele geben, so bringe es her zu mir; der Himmel möge es dir vergelten! Gern wollte ich alle meine Kleider und diesen goldenen Schmuck opfern, wenn ich nur Charinos wieder zu mir zurückkehren und die Simmiche so hassen sähe, wie er es jetzt mit mir tut.

Bakchis Was sagst du? Charinos ist nicht mehr der deine, Melitta, und ist zu Simmiche übergewechselt? Er hat doch um deinetwillen die Partie mit dem reichen Mädchen ausgeschlagen, das dem Vernehmen nach fünf Talente Mitgift zubrachte, und sich deshalb so arg mit seinen Eltern verkracht! Das hast du mir, wie ich mich entsinne, selbst erzählt.

Melitta Alles das ist dahin, Bakchis; dies ist schon der fünfte Tag, an dem ich ihn überhaupt nicht mehr gesehen habe. Dafür zechen sie zusammen bei seinem Freunde Pammenes, er und Simmiche.

Bakchis Das ist freilich schlimm für dich, Melitta. Doch was hat euch denn auseinandergebracht? Es kann doch wohl keine Kleinigkeit sein.

Melitta Ganz kann ich es auch nicht sagen. Kürzlich

war er zum Piräus hinuntergegangen, um, glaube ich, im Auftrag seines Vaters eine Schuld einzutreiben. Als er von dort zurückkam, würdigte er mich bei seinem Eintreten keines Blicks und ließ mich auch nicht an sich heran, als ich ihm, wie gewöhnlich, entgegenging, sondern schüttelte mich ab, als ich ihn umarmen wollte, wobei er ausrief: »Geh zum Reeder Hermotimos oder lies, was auf dem Töpfermarkt an den Wänden steht, wo eure Namen zu Schimpf und Schande an einem Pfeiler verewigt sind.« – »Was ist das für ein Hermotimos, von dem du sprichst, und was ist mit dem Pfeiler?« fragte ich. Er aber legte sich, ohne eine Antwort und ohne etwas zu sich genommen zu haben, schlafen und wandte sich von mir ab. Was, glaubst du, habe ich nicht alles mit ihm angestellt, habe ihn umarmt, versucht, ihn herumzudrehen, und, als er sich sträubte, seinen Rücken geküßt; aber er ließ sich auf keine Weise erweichen und rief: »Wenn du mir noch mehr zur Last fällst, gehe ich auf der Stelle fort, und wenn es Mitternacht ist.«

Bakchis Aber du kanntest doch bestimmt den Hermotimos?

Melitta Du sollst mich noch unglücklicher mein Leben verbringen sehen, als ich es jetzt schon tue, wenn ich einen Reeder Hermotimos kenne. Mag es sein, wie es will, mit dem ersten Hahnenschrei hatte Charinos ausgeschlafen und war am frühen Morgen auf und davon. Ich entsann mich, daß er davon gesprochen hatte, im Töpfermarkt sei mein Name an eine Wand gekritzelt, und schickte Akis, die nachsehen sollte, was dort stünde. Doch fand sie nichts weiter als am Doppeltor zur Rechten, wenn man hineingeht, die Inschrift: »Melitta liebt Hermotimos«, und umgekehrt ein kleines Stück weiter unten: »Der Reeder Hermotimos liebt Melitta.«

Bakchis Nein, diese jungen Tunichtgute! Jetzt verstehe ich den Zusammenhang. Einer, der Charinos einen Streich spielen wollte und seine Eifersucht kannte, hat die Kritzelei an die Wand gemalt, und der fiel prompt darauf rein. Wenn ich ihn irgendwo sehe, will ich mit ihm sprechen. Er ist unerfahren und noch ein Kind.

Melitta Wo willst du ihn sehen, wenn er sich mit Simmiche eingeschlossen hat? – Seine Eltern vermuten ihn noch bei mir. – Aber, Bakchis, wenn ich eine Alte, wie beschrieben, fände, schon ihr Erscheinen würde mir Rettung bedeuten.

Bakchis Liebste, ich weiß eine äußerst tüchtige Zauberin, Syrerin von Geburt, ein kompaktes, noch rüstiges Weib, die seinerzeit auch Phanias, der mir ebenso grundlos grollte wie Charinos dir, nach ganzen vier Monaten mit mir ausgesöhnt hat, als ich ihn schon aufgegeben hatte. Aber ihre Beschwörungen brachten ihn wieder zu mir zurück.

Melitta Was hat denn die Alte angestellt, wenn du dich noch daran erinnerst?

Bakchis Sie nimmt nicht viel, Melitta, sondern begnügt sich mit einer Drachme und einem Brot; zu ihrem Handwerk sind außer einigen Körnchen Salz sieben Obolen, Schwefel und eine Fackel erforderlich. Diese Dinge nimmt die Alte in Empfang, und ein Krug muß gefüllt sein, den muß sie allein austrinken; auch braucht sie irgendeinen Gegenstand von dem Manne selbst, Kleider, Schuhe, ein paar Haare oder so etwas.

Melitta Ich habe Schuhe von ihm.

Bakchis Diese hängt sie an einen Pflock, räuchert mit Schwefel und wirft einige Körner Salz auf das Feuer; dabei ruft sie beider Namen, den von ihm und den deinigen. Dann holt sie aus dem Bausch über ihrem Busen ihren Zauberkreisel hervor und dreht ihn, wobei sie mit großer Zungenfertigkeit beschwörende Formeln murmelt, wilde, schaudererregende Worte. So verfuhr sie damals. Und es währte nicht lange, da kam Phanias trotz den Vorhaltungen seiner Freunde und den wiederholten Bitten von Phoibis, mit der er zusammen lebte, von der stärkeren Gewalt des Zaubers getrieben, wieder zu mir. Außerdem lehrte sie mich noch ein Mittel, mit dem ich ihm Phoibis sehr verekeln könnte. Ich sollte darauf achten, wenn sie Fußtapfen hinterließe, und diese gleich unkenntlich machen, indem ich meinen rechten Fuß auf die Spur ihres linken und umgekehrt meinen linken auf die ihres rechten setzte; dazu sollte ich sprechen: »Ich bin auf dich getreten und bin nun obenauf.« Und ich befolgte ihre Weisung.

Melitta Los, Bakchis, verliere keinen Augenblick und rufe gleich die Syrerin. Und du, Akis, sorge für das Brot, den Schwefel und was sonst noch für die Zauberhandlung vonnöten ist.

5

KLEONARION · LEAINA

Kleonarion Sonderbare Dinge höre ich von dir, Leaina: die reiche Megilla von Lesbos liebe dich wie ein Mann, und wenn ihr zusammen wäret, triebet ihr ich weiß nicht was miteinander. Wie steht's damit? Du bist rot geworden? Sage doch, ist das wahr?

Leaina Wahr, Kleonarion. Ich schäme mich, denn es ist etwas Unnatürliches.

Kleonarion Bei Kypris, worum handelt es sich? Was will das Weib? Und was tut ihr, wenn ihr zusammen seid? Siehst du, du liebst mich nicht; sonst würdest du mit so etwas nicht hinterm Berge halten.

Leaina Wenn eine, so liebe ich dich. Die Frau hat etwas ausgesprochen Männliches.

Kleonarion Ich verstehe nicht, was du damit sagen willst, außer, sie ist eine Freundin des eigenen Geschlechts. Es soll solche männliche Naturen unter den Frauen auf Lesbos geben, die sich den Männern versagen und sich statt dessen an Frauen heranmachen nach Männerart.

Leaina Ja, so was ist es.

Kleonarion Also, liebe Leaina, gerade das mußt du erzählen: wie hat sie's angedreht, wie dich herumgekriegt, und wie ist es dann weitergegangen?

Leaina Sie und die Korintherin Demonassa, die ebenfalls vermögend ist und sich auf demselben Gebiete betätigt wie Megilla, veranstalteten eine Sauferei und ließen mich zum Zitherspielen holen. Als ich gespielt hatte und es auf Mitternacht ging, so daß es Zeit war, schlafen zu gehen, waren sie beschwipst, und Megilla sagte: »Komm, Leaina, jetzt ist es angebracht, zu Bett zu gehen; schlafe hier bei uns und lege dich zwischen uns beide.«

Kleonarion Du tatest es? Und dann?

Leaina Erst küßten sie mich wie Männer, aber begnügten sich nicht damit, ihre Lippen auf die meinigen zu pressen, sondern stießen ihre Zungen in meinen Mund, umarmten mich und drückten mir die Brüste; Demonassa biß mich sogar beim Küssen. Aber ich konnte mir nicht recht zusammenreimen, was das auf sich hatte. Nach einiger Zeit nahm Megilla, die schon etwas in Hitze geraten war, ihre Perücke ab, die ganz wie eigenes Haar wirkte und ungemein fest saß, und man sah, daß sie ratzekahl geschoren war wie die Athleten, die ihre Männlichkeit besonders betonen wollen. Ich erschrak bei diesem Anblick; doch sie rief aus: »Leaina, hast du schon so einen schönen Jüngling gesehen?« – »Aber Megilla«, erwiderte ich, »ich sehe gar keinen hier.« – »Degradiere mich nicht zum Weibe«, fuhr sie fort, »ich heiße Megillos und habe vor langer Zeit die Demonassa hier geheiratet; sie ist meine Frau.« – »So bist du also ein Mann, Megill, und wir haben es nur nicht bemerkt, ähnlich, wie es der Sage nach mit Achill stand, als er sich bei den Mädchen in Kleidern von Purpur versteckte? Und du hast das, was den Mann kennzeichnet, und verfährst mit Demonassa wie die Männer?« – »Nein, Leaina«, antwortete sie, »das habe ich nicht; ich brauche es aber auch gar nicht. Du wirst sehen, ich habe eine andere Art des Verkehrs, die bei weitem vergnüglicher ist.« – »Du bist doch nicht etwa ein Hermaphrodit?« fragte ich. »Es soll viele geben, die die Kennzeichen beider Geschlechter haben.« Ich wußte ja nichts von der Sache, Kleonarion. »Nein«, meinte sie, »ich bin durch und durch Mann.« – »Als die Flötenspielerin Ismenodora Geschichten erzählt, die in ihrer Heimat Böotien im Schwange sind, hörte ich von ihr, wie einmal in Theben aus einem Weib ein Mann geworden ist; es war derselbe, der auch der beste Seher war; ich glaube, er hieß Teiresias. Ist dir's etwa auch so ergangen?« – »Nein, Leaina, ich bin genau so beschaffen auf die Welt gekommen wie ihr andern auch; aber mein Fühlen, mein Verlangen und alles Sonstige entspricht dem Wesen eines Mannes.« – »Findest du denn in diesem Verlangen Befriedigung?« – »Sei mein, Leaina, wenn du es nicht glaubst, und du wirst erkennen, daß ich den Männern nicht nachstehe. Anstatt dessen, was den Mann macht, habe ich etwas anderes; darum gehöre mir, da wirst du schon sehen.« Ich willigte ein, Kleonarion, weil sie mich immer wieder darum bat und mir eine kostbare Halskette und hauchdünne linnene Gewänder schenkte. Dann umschlang ich sie wie einen Mann; sie küßte mich, darauf tat sie es und keuchte schwer dabei und schien vor Wollust fast zu vergehen.

Kleonarion Was tat sie, Leaina? Und wie machte sie es? Das mußt du mir vor allem sagen.

Leaina Frage nicht näher; es ist unsittlich. Deshalb möchte ich, bei Aphrodite Urania[1], nicht darüber reden.

1 *Göttin der himmlischen Liebe*

6

KROBYLE · KORINNA

Krobyle Korinna, daß es gar nicht so etwas Fürchterliches war, aus einer Jungfrau eine Frau zu werden, wie du gedacht hast, weißt du nun, nachdem du dich mit dem frischen jungen Mann eingelassen und dir damit dein erstes Geld, eine Mine, verdient hast. Dafür will ich dir gleich eine Halskette kaufen.

Korinna Ja, Mamachen, sie muß aber auch ein paar feuersprühende Steine haben, wie sie Philainis hat.

Krobyle Ganz nach deinem Wunsch. Aber laß dir von mir auch sagen, was du sonst noch tun und wie du mit den Männern umgehen mußt. Denn auf andere Weise können wir mit dem Leben nicht fertig werden, liebe Tochter. Weißt du nicht, wie kümmerlich wir uns die zwei Jahre, seit dein seliger Vater tot ist, haben durchschlagen müssen? Als er noch lebte, da hatten wir von allem zur Genüge. Er war ja Kupferschmied und stand groß da im Piräus; man kann dort alle Stein und Bein darauf schwören hören, daß es nach Philinos' Hingang keinen solchen Kupferschmied mehr geben werde. Nach seinem Tode verkaufte ich zunächst seine Zangen, den Amboß und seinen Hammer für zwei Minen, und davon lebten wir die nächsten sieben Monate. Dann webte ich, krempelte Wolle oder spann und

verdiente uns mühselig das tägliche Brot. So zog ich dich auf, meine Tochter, und wartete auf das, was ich erhoffte.

Korinna Meinst du damit die Mine?

Krobyle Nein. Ich rechnete vielmehr darauf, daß, wenn du einmal so alt wärest, wie du jetzt bist, du mich ernähren würdest und selbst mit Leichtigkeit in geordneten Verhältnissen und Wohlstand leben, in Purpur einhergehen und Dienerinnen haben könntest.

Korinna Was hast du gesagt, Mutter? Und wie denkst du dir das?

Krobyle Nun in der Weise, daß du dein Leben mit jungen Männern verbringst, daß du mit ihnen zechst und, wenn du mit ihnen schlafen gehst, dich dafür bezahlen läßt.

Korinna So wie Daphnis' Tochter Lyra macht?

Krobyle Jawohl.

Korinna Aber das ist ja eine Hetäre!

Krobyle Da ist doch weiter nichts Schlimmes dabei. Du wirst reich sein wie sie und viele Liebhaber besitzen. Was weinst du denn, meine Korinna? Siehst du nicht, wie zahlreich und wie begehrt die Hetären sind und wieviel Geld sie bekommen? Und die Tochter der Daphnis, ach, du liebe Adrasteia, was hatte die für Lumpen auf dem Leibe, bevor sie zu voller Schönheit erblühte; das ist mir noch gut in Erinnerung! Aber jetzt kannst du sehen, wie sie auftritt: Gold und geblümte Kleider an ihr und mit vier Dienerinnen!

Korinna Wie ist denn Lyra zu all dem gekommen?

Krobyle Nun, erst einmal kleidet sie sich passend, sieht immer adrett aus und ist allen gegenüber aufgeräumt und heiter, ohne bei jeder Gelegenheit zu kichern, wie du es zu tun pflegst; vielmehr hat sie ein süßes, gewinnendes Lächeln. Die Männer behandelt sie geschickt und klug, enttäuscht keinen, der zu ihr kommt oder nach ihr schickt, hängt sich aber auch nicht an sie. Wenn sie einmal zu einem Essen geht, für das sie sich verdingt hat, so betrinkt sie sich nicht – denn das wirkt lächerlich, und die Männer können Frauen, die so etwas tun, nicht leiden – und überlädt sich auch nicht mit Speisen wie Leute, die nicht wissen, was sich gehört, sondern berührt sie nur mit den Fingerspitzen. Sie redet nicht, wenn sie ißt, und stopft sich nicht beide Backen mit Bissen voll. Sie trinkt nicht gierig, sondern in kleinen Schlucken und mit Pausen.

Korinna Auch, liebste Mutter, wenn sie Durst hat?

Krobyle Dann erst recht, Korinna. Dabei redet sie nicht mehr als nötig, macht sich über keinen der Anwesenden lustig und sieht nur den an, der sie verpflichtet hat. Daher ist sie bei ihnen so beliebt. Und wenn es dazu kommt, daß man zusammen schlafen geht, vermeidet sie alles Freche und Anstößige, hat vielmehr nur das eine Ziel im Auge, den Betreffenden an sich zu fesseln und zu ihrem Liebhaber zu machen; das heben alle an ihr hervor. Wenn auch du dir ihre Art aneignest, werden auch wir im Glücke schwimmen. Denn im übrigen bist du ihr bei weitem – nein, gute Adrasteia, ich sage nichts; wenn *du* mir nur erhalten bleibst!

Korinna Sage mir, Mutter, sind alle, die dafür bezahlen, so wie Eukritos, mit dem ich gestern schlief?

Krobyle Nein, nicht alle sind so; es gibt noch Bessere, manche sind auch schon gereifte Männer, es gibt aber auch welche, die nicht gerade gut gebaut sind.

Korinna Und bei denen muß man auch schlafen?

Krobyle Gerade bei denen, mein Kind; denn die geben noch mehr; die andern glauben ihre Schönheit in Rechnung stellen zu können. Doch du mußt dich immer fragen, wer mehr einbringt, wenn du willst, daß die ganze Weiblichkeit in Kürze mit dem Finger auf dich zeigt und sagt: Sieh, das ist Korinna, Krobyles Tochter! Wie schwelgt sie in Reichtum, und wie überglücklich hat sie ihre Mutter gemacht! Was sagst du dazu? Willst du das tun? Gewiß, ich weiß es, und du wirst mit Leichtigkeit alle andern ausstechen. Aber jetzt geh ins Bad; es könnte sein, daß der junge Mann, der Eukritos, auch heute kommt, wie er versprochen hat.

7

MUSARION · DIE MUTTER

Mutter Musarion, wenn wir noch so einen feinen Liebhaber finden, wie es Chaireas ist, werden wir freilich nicht darum herumkommen, der Göttin der freien Liebe eine weiße Ziege und der himmlischen Aphrodite in den Gärten ein Kalb zu opfern und die Geberin des Reichtums[1] mit Kränzen zu schmücken; mit einem Worte, dann haben wir wirklich das Glück gepachtet und schwimmen in der höchsten Seligkeit. Auf jeden Fall siehst du jetzt, was für ein freigebiger Kavalier der junge Mann uns gegenüber ist: nicht einen Obol hat er dir jemals gegeben, kein Kleid, keine Schuhe, keine Salbe, immer nur Ausflüchte und Versprechungen und langfristige Hoffnungen auf die Zukunft. Wie oft haben wir zu hören bekommen: »Wenn einmal der Vater . . .« und »Bin ich erst einmal Herr meines väterlichen Erbes, ist alles dein.« Er hat dir angeblich sogar einen Eid darauf geleistet, dich zu seiner legitimen Gattin zu machen.

Musarion Ja, Mutter, das hat er geschworen bei Demeter und ihrer Tochter und bei der Schutzgöttin der Stadt!

Mutter Und du glaubst es natürlich. Daher hast du ihm neulich, als er den Betrag zu den gemeinsamen

Mahlzeiten mit seinen Kumpanen nicht bezahlen konnte, hinter meinem Rücken deinen Ring gegeben; er aber hatte nichts Eiligeres zu tun, als ihn zu verkaufen und den Erlös zu vertrinken. Ebenso war's mit den zwei ionischen Halsketten, deren jede zwei Dareiken schwer war und die dir der Reeder Praxias aus Chios brachte, feinste ephesische Arbeit und auf seinen ausdrücklichen Auftrag hin angefertigt. Chaireas mußte ja zusammen mit seinen Altersgenossen die Kosten für das Klubessen aufbringen, die auf ihn fielen. Was brauche ich noch von Schleiern und Kleidchen zu reden, die er zu Gelde gemacht hat? Kurz, er war ein Glücksfund für uns, und mit ihm ist uns ein großer Gewinn zugefallen.

Musarion Aber er ist schön und hat ein glattes Kinn, beteuert unter Tränen seine Liebe und ist der Sohn von Deinomache und Laches, dem Mitglied des Areopags. Er sagt, er will mich heiraten, und wir können noch viel von ihm erhoffen, wenn bloß der Alte mal die Augen schließt.

Mutter Also Musarion, wenn wir Sandalen brauchen und der Schuster verlangt dafür eine Doppeldrachme, werden wir ihm sagen: »Bares Geld haben wir zwar nicht, aber nimm dafür von uns ein Päckchen Hoffnungen entgegen«, und ebenso zum Mehlhändler, und wenn von uns die Miete kassiert wird: »Warte, bis Laches, der Kollytier[2], tot ist; wir wollen dir die Schuld nach der Hochzeit bezahlen.« Schämst du dich nicht, als einzige unter den Hetären keinen Ohrring, keine Kette, kein tarentinisches Kleidchen zu besitzen?

Musarion Mutter, sind darum jene glücklicher und schöner?

Mutter Nein, aber sie sind klüger und wissen ihr Gewerbe zu betreiben. Auch fallen sie nicht auf Schmeichelwörtchen und junge Leute herein, denen die Schwüre nur so von den Lippen fließen; du jedoch bist die treue Seele, die fest zu dem einen Mann hält, und läßt keinen andern ein als deinen Chaireas; und als neulich der Bauer aus Acharnä, ebenfalls noch ein frischer, blutjunger Bursche, kam und zwei Minen von dem Erlös für Wein bot, den er im Auftrag seines Vaters verkauft hatte, da hast du ihm höhnisch die Tür gewiesen und schläfst statt dessen bei deinem Adonis Chaireas.

Musarion Wie, sollte ich Chaireas im Stich lassen und diesen Kerl aufnehmen, der von seiner Hände Arbeit lebt und einen Bocksgestank verbreitet? Dann träfe auf mich das Sprichwort zu: Glatt ist für mich auch das Schweinchen aus Acharnä.

Mutter Meinetwegen; der ist ein ungeschliffener Bauer und riecht nicht gerade gut. Aber warum hast du auch des Menekrates Sohn Antiphon abgewiesen, der dir eine Mine versprach? War er nicht schön, hatte er nicht städtische Manieren und stand er nicht im gleichen Alter wie Chaireas?

Musarion Chaireas drohte doch, uns beide umzubringen, wenn er mich einmal mit ihm erwischte.

Mutter Gott, wie viele hat's schon gegeben, die mit solchen Drohungen kommen! Willst du deshalb ohne Liebhaber bleiben und züchtig leben, wie eine Priesterin der gesetzgebenden Demeter und nicht wie eine Hetäre? Aber abgesehen von allem andern: Heute ist Dreschfest; was hat er dir dazu für ein Geschenk gemacht?

Musarion Mamachen, er kann ja nicht.

Mutter So ist er allein auf kein Mittel gekommen, aus seinem Vater etwas herauszuholen? Warum hat er sich nicht hinter einen Sklaven gesteckt, der jenem etwas vorschwindeln könnte, warum nichts von seiner Mutter verlangt und ihr angedroht, er werde über See unter die Soldaten gehen, wenn er nichts erhielte? Sitzt er nicht da und ruiniert uns, gibt selbst nichts und läßt es nicht zu, daß wir von andern etwas annehmen, die nur zu gern gäben? Glaubst du denn, Musarion, du bleibst immer achtzehn Jahre alt? Oder meinst du, Chaireas denkt noch ebenso, wenn er selber im Reichtum sitzt und seine Mutter für ihn eine Partie gefunden hat, die viele Talente zubringt? Bildest du dir ein, er wird sich noch der Tränen, der Küsse und Schwüre erinnern, wenn er vielleicht fünf Talente Mitgift auf dem Tisch des Hauses sieht?

Musarion Er wird es bestimmt; ein Beweis dafür ist, daß er auch jetzt nicht geheiratet, sondern sich hartnäckig geweigert hat, sosehr man ihm auch zusetzte und obwohl man ihn geradezu zwingen wollte.

Mutter Ich wünschte, er enttäuscht dich nicht! Aber wir wollen uns wieder sprechen, wenn es soweit ist, Musarion.

1 *Demeter* 2 *Kollytos: Gemeinde im Osten Athens außerhalb der Stadt*

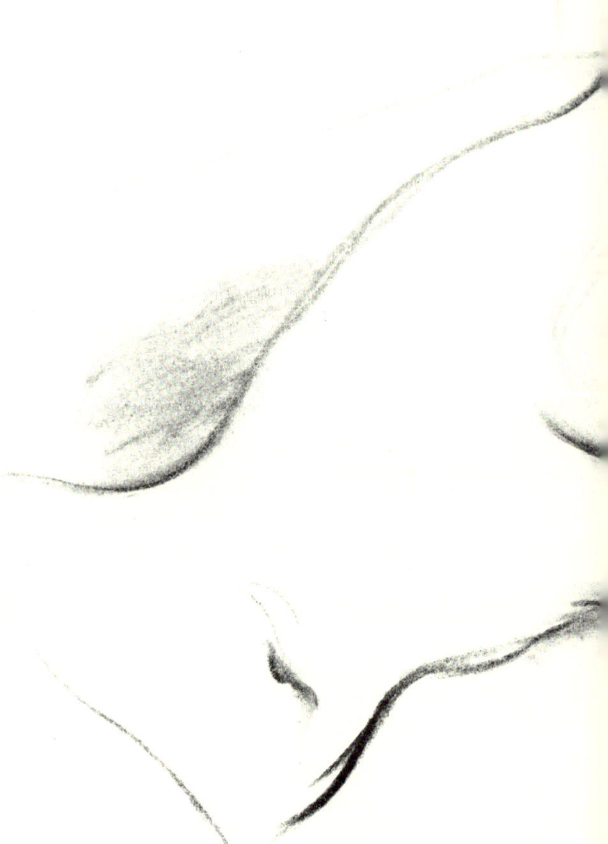

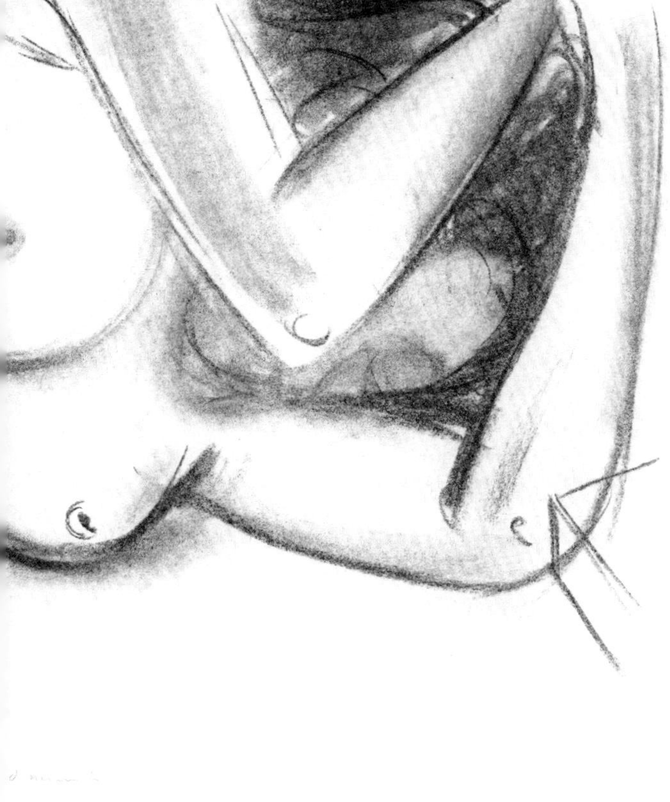

8

AMPELIS · CHRYSIS

Ampelis Chrysis, wenn einer weder eifersüchtig ist noch wütend wird, dich niemals schlägt oder dir das Haar abschneidet und die Kleider vom Leibe reißt, dann ist er kein richtiger Liebhaber.

Chrysis Also, Ampelis, nur daran erkennt man die Liebe eines Mannes?

Ampelis Freilich, denn dann hat er richtig Feuer gefangen. Alles übrige, Küsse, Tränen, Schwüre, häufige Besuche, sind Anzeichen einer beginnenden und noch im Entstehen begriffenen Leidenschaft, aber die helle Flamme der Liebe lodert erst auf aus der Eifersucht. Also wenn Gorgias, wie du sagst, dich verbleut und zeigt, daß er eifersüchtig ist, kannst du das Beste erwarten und nur wünschen, daß er immer so ist.

Chrysis Immer so ist? Meinst du, ich soll immer von ihm Prügel bekommen?

Ampelis Nein, aber fuchsen soll er sich, wenn du nicht nur ihn anschaust. Liebte er dich nicht, würde er noch in Wut geraten, wenn du einem andern Verehrer deine Gunst schenkst?

Chrysis Aber ich habe doch gar keinen andern. Er hingegen hat sich ohne jeden Grund in die Idee verrannt, ich wäre in den Händen besagten reichen Mannes, bloß weil ich ihn einmal in ganz anderem Zusammenhang erwähnt habe.

Ampelis Auch das ist ein günstiger Umstand, wenn er glaubt, daß du von reichen Männern umworben wirst. Denn so wird er noch mehr in die Wolle geraten und es als Ehrensache ansehen, daß ihn seine Nebenbuhler nicht ausstechen.

Chrysis Ach nein, *der* tobt nur und prügelt; aber geben tut er nichts.

Ampelis Wart's ab, er *wird* schon geben; denn er ist eifersüchtig – und erst recht, wenn du ihm Kummer machst.

Chrysis Gute Ampelis, ich verstehe nicht, warum du durchaus darauf bestehst, daß ich Schläge bekommen soll.

Ampelis Nein, so liegt es nicht; aber ich glaube, die Leidenschaft wächst nur, wenn der Liebende den Eindruck hat, daß er zurückgesetzt wird; fühlt er sich jedoch Hahn im Korbe, schwindet irgendwie die Begierde. Ich sage dir das als eine, die ein Hetärendasein von vollen zwanzig Jahren hinter sich hat; aber du bist, glaube ich, erst achtzehn oder sogar darunter. Wenn du es wünschst, will ich dir erzählen, was ich einmal vor gar nicht soviel Jahren selbst erlebt habe. Damals war mein Liebhaber der Geldverleiher Demophantos, der hinter der Poikile wohnt. Niemals hatte er mehr als fünf Drachmen gegeben und glaubte daraufhin über mich verfügen zu können; doch, Chrysis, seine Liebe ging nicht tief, es gab weder Seufzer noch Tränen, noch kam er nächtlicherweile vor meine Tür; er schlief nur manchmal mit mir und auch bloß ab und zu in großen Abständen. Als er mich wieder einmal aufsuchte und ich ihn nicht einließ, weil der Maler Kallides, der mir zehn Drachmen hatte zugehen lassen, bei mir war, zog er zunächst unter Schimpfen und Fluchen ab. Darauf vergingen viele Tage, ohne daß ich zu ihm schickte. Als Kallides wieder einmal bei mir war, kam auch er. Da wurde auch mein Demophantos mit einem Schlage warm. Die Sache entflammte seine Leidenschaft so sehr, daß er sich auf die Lauer legte und das Öffnen der Tür abpaßte. Einmal drin, heulte er, schlug um sich, drohte mit Mord und Totschlag, riß mir meine Kleider in Fetzen und setzte alles nur mögliche in Szene. Schließlich gab er mir zehn Talente und hatte mich zehn volle Monate für sich allein. Seine Frau erzählte allen, ich hätte ihn mit Hilfe von Zaubermitteln in Liebesraserei versetzt. In Wahrheit war die ganze Hexerei weiter nichts als Eifersucht. Daher bediene dich, Chrysis, Gorgias gegenüber desselben Mittels. Der junge Mann wird noch einmal über großen Reichtum verfügen, wenn mit seinem Vater etwas passiert.

9

PANNYCHIS · DORKAS · PHILOSTRATOS
POLEMON

Dorkas Es ist aus mit uns, Herrin, ganz aus! Polemon ist aus dem Felde zurück, mit vielen Reichtümern, wie es heißt; ich habe ihn selbst gesehen in einem ganz mit Purpur besetzten Mantel, den eine Spange zusammenhielt, und mit einer Menge Gefolge, und als seine Freunde ihn erblickten, eilten sie auf ihn zu, um ihn willkommen zu heißen. Währenddessen wurde ich hinter ihm den Diener gewahr, der mit ihm zusammen ausgerückt war, und nach ein paar Begrüßungsworten fragte ich ihn: »Sag mir, Parmenon, wie ist es euch ergangen, und seid ihr mit etwas zurückgekommen, was euren Einsatz in den Schlachten gelohnt hat?«

Pannychis So hättest du nicht mit der Tür ins Haus fallen dürfen, sondern so sprechen müssen: »Heißen Dank den Göttern, daß sie euch behütet haben, vor allem Zeus, dem Beschützer in fremdem Land, und Athene, der Göttin der Kriege! Immer fragte die Herrin, was ihr machtet und wo ihr wäret.« Wenn du noch hinzugesetzt hättest, sie hätte geweint und ständig an Polemon gedacht, so wäre das weit besser gewesen.

Dorkas Alles das habe ich gleich einleitend vorausgeschickt; aber ich wollte dir gegenüber nicht meine eigenen Worte wiederholen, sondern nur berichten, was mir zu Gehör kam. »Nicht wahr, Parmenon«, begann ich zu ihm, »die Ohren haben euch geklungen? Immer dachte die Herrin unter Tränen an euch und besonders, wenn einer aus der Schlacht kam und es hieß, viele seien gefallen. Dann raufte sie sich die Haare, schlug ihre Brust und hörte nicht auf zu klagen bei jeder Botschaft.«

Pannychis Gut, meine Dorkas, so war es richtig!

Dorkas Und dann schloß ich gleich jene Frage an. Seine Antwort war: »Wir sind in überaus glänzenden Verhältnissen zurückgekommen.«

Pannychis So ist er auch gleich damit herausgerückt und hat nicht erst davon gesprochen, wie sehr Polemon an mich gedacht, sich nach mir gesehnt und gewünscht hat, mich am Leben zu finden?

Dorkas Doch, er hat auch allerlei derartige Wendungen gebraucht. Aber die Hauptsache war sicherlich der große Reichtum, von dem er berichtete; eine Menge Gold, Kleider, Diener und Elfenbein brächten sie mit; das Silbergeld könne er gar nicht zählen, er messe es vielmehr nach Scheffeln, und es ergäbe viele Scheffel. Parmenon selber trug einen vielkantigen geschliffenen Ring von imponierender Größe am kleinen Finger, und ein Stein war eingesetzt, der in dreierlei Farben schillerte, und an der Oberfläche war er rötlich. Da es ihm Vergnügen machte, davon zu sprechen, ließ ich mir erzählen, wie sie den Halys überschritten und einen gewissen Tiridates getötet hätten und wie sich Polemon in der Schlacht gegen die Pisiden[1] ausgezeichnet habe; dann lief ich davon, um dir Bericht zu erstatten, damit du dir über die gegenwärtige Situation Gedanken machen könntest. Denn wenn Polemon kommt – und er kommt bestimmt, sobald er seine Bekannten losgeworden ist –, und er fände Philostratos, von dem er vielleicht schon etwas hat läuten hören, drin bei uns, wie wird er deiner Meinung nach darauf reagieren?

Pannychis Laß uns etwas ausdenken, meine Dorkas, was uns aus der Patsche hilft. Es wäre nicht richtig, wollten wir Philostratos wegschicken, der mir erst vor kurzem ein Talent gegeben hat, im übrigen ein Großkaufmann ist und noch viel mehr erwarten läßt, aber auch unangebracht, Polemon abzuweisen, der als gemachter Mann heimgekehrt ist; dazu kommt auch noch seine Eifersucht, die oft schon ganz unerträglich war, als er sich noch in schlechten Verhältnissen befand. Was dürfte er nun erst alles anstellen!

Dorkas Da kommt er schon.

Pannychis Ich bin ganz aufgelöst und weiß nicht, was ich tun soll, Dorkas; ich zittere am ganzen Leibe.

Dorkas Und da kommt auch Philostratos.

Pannychis Wie soll ich mich verhalten? Ach, könnte mich doch die Erde verschlingen!

Philostratos Warum sind wir noch nicht beim Picheln, Pannychis?

Pannychis Mensch, du hast mich ruiniert. – Willkommen, Polemon; es hat lange gedauert, bis du kamst.

Polemon Wer ist denn der, der da zu euch kommt? – Du schweigst? Großartig, Pannychis, eine herrliche Sache! Ich Dummkopf fliege in fünf Tagen von Pylai ohne Aufenthalt hierher aus Sehnsucht nach so einem Weibe! Doch es geschieht mir recht, ich bin dir dafür verpflichtet; denn so gibt's für dich wenigstens nichts mehr bei mir zu holen.

Philostratos Wer bist *du* denn, mein Bester?

Polemon Ich bin Polemon, wie du hörst, der Steirier[2] vom pandionischen Stamm. Erst standen tausend Mann unter meinem Befehl, heute lasse ich fünftausend unter Waffen treten. Ich war einmal der Liebhaber der Pannychis, als ich noch glaubte, sie hätte ein menschliches Herz.

Philostratos Aber jetzt ist sie mein, verehrter Herr Oberst. Sie hat ein Talent dafür bekommen und wird umgehend ein zweites kriegen, sobald ich meine Warenladung abgesetzt habe. Und nun folge mir, Pannychis, und den laß zu den Odrysern[3] gehen und sich dort am Kommandieren ein Gütchen tun.

Polemon Sie ist frei und wird folgen, wenn sie es für gut befindet.

Pannychis Dorkas, was soll ich tun?

Dorkas Das beste wird sein, ins Haus zu gehen. Du kannst dich unmöglich der Wut Polemons aussetzen, und seine Eifersucht wird durch deine Gegenwart nur noch mehr gereizt.

Pannychis[4] Wenn's dir recht ist, gehen wir hinein!

Polemon Aber das sage ich euch gleich: Heute ist es das letztemal, daß ihr miteinander die Becher leert, oder ich habe umsonst die hohe Schule des Blutvergießens durchgemacht. Die Thraker her, Parmenon, sie sollen anrücken in schwerer Bewaffnung und in Schlachtordnung formiert: Schwerbewaffnete in Front, Schleuderer und Bogenschützen auf beiden Flanken, das Gros dahinter.

Philostratos Das sagst du *uns*, als wären wir kleine Kinder, und willst uns mit so einem Popanz schrecken, du Mietssoldat! Hast du denn überhaupt jemals einem Hahn den Hals umgedreht oder den Krieg auch nur gesehen? Allenfalls hast du als Führer eines halben Bataillons ein kleines Fort bewacht, um dir selbst das zu konzedieren.

Polemon Darüber wirst du binnen kurzem im klaren sein, das versichere ich dir, wenn du uns anrücken siehst, den Speer in der Rechten und in schimmernder Wehr.

Philostratos Kommt nur feldmarschmäßig gerüstet heran; ich und mein Tibios hier, mein einziger Begleiter, wollen euch schon mit Steinen und Tonscherben bombardieren und dermaßen auseinandertreiben, daß ihr nicht wißt, wohin ihr euch wenden sollt.

1 kriegerisches Gebirgsvolk in Pamphylien an der Südküste Kleinasiens 2 Einwohner des attischen Bezirks Steiria 3 thrakisches Volk in der Gegend von Abdera 4 zu Philostratos

10

CHELIDONION · DROSIS

Chelidonion Liebe Drosis, kommt der junge Kleinias nicht mehr zu dir? Es ist schon lange her, daß ich ihn bei euch gesehen habe.

Drosis Nein, Chelidonion, sein Lehrer hat es ihm verboten.

Chelidonion Welcher? Du sprichst doch nicht von dem Gymnastiklehrer Diotimos? Das ist nämlich mein Freund.

Drosis Nein, sondern von dem übelsten aller Philosophen, dem verfluchten Aristainetos.

Chelidonion Meinst du den mit der sauertöpfischen Miene und dem vollen, langen Bart, der mit den jungen Leuten in der Poikile auf und ab zu gehen pflegt?

Drosis Ja, dieses Großmaul ist's, dieser Kerl, den ich gern noch einmal vom Henker an seinem Bart zum Galgen gezogen und dort baumeln sehen möchte.

Chelidonion Was ist denn in den gefahren, daß er dem Kleinias so etwas beigebracht hat?

Drosis Schwälbchen, ich weiß es nicht. Aber es ist merkwürdig: Er, der keine Nacht von mir wegblieb, seit er den Verkehr mit einem Weibe aufnahm – ich war seine erste –, kam während der letzten drei Tage nicht einmal an unser Gäßchen. Ich weiß nicht, ich hatte in bezug auf ihn so ein eigentümliches Gefühl, und in meiner Sorge schickte ich Nebris mit dem Auftrag, sich nach ihm umzusehen; er würde entweder auf dem Markt oder in der Poikile sein. Sie berichtete, sie habe ihn mit Aristainetos auf und ab gehen sehen und ihm von ferne zugenickt; daraufhin sei er rot geworden, habe zu Boden geblickt und nicht wieder aufgesehen. Dann gingen sie zusammen nach der Akademie. Sie folgte ihnen bis zum Dipylon[1], und da er sich überhaupt nicht umdrehte, kam sie zurück, ohne etwas Gewisses berichten zu können. Was glaubst du, in welchem Zustand ich mich danach befand, da ich nicht dahinterkommen konnte, was mit dem jungen Mann los war. Habe ich ihn etwa mit etwas gekränkt, fragte ich mich, oder kann er mich nicht mehr leiden und hat sich in eine andre verguckt? Oder hat ihm sein Vater Hindernisse in den Weg gelegt? Viele solche Gedanken ließ ich Arme mir durch den Kopf gehen, bis schließlich gegen Abend Dromon kam und mir dieses Briefchen von ihm brachte. Nimm es und lies, Chelidonion; du kannst es ja wohl entziffern.

Chelidonion Laß sehen. Die Schrift ist nicht sehr klar, man kann schon sagen flüchtig, und verrät eine gewisse Eile beim Schreiben. Es lautet: »Wie habe ich dich geliebt, meine Drosis, die Götter sind meine Zeugen.«

Drosis Der Arme, nicht einmal zu einem Wort der Begrüßung hat er Zeit gehabt!

Chelidonion »Nur notgedrungen, nicht weil ich etwas gegen dich habe, trenne ich mich von dir. Mein Vater hat mich Aristainetos in die Lehre gegeben, damit ich bei ihm Philosophie lerne. Dieser ist hinter unser Verhältnis gekommen, hat mir schwer zugesetzt und mir erklärt, es gehöre sich für mich, den Sohn des Architeles und der Erasikleia, nicht, mit einer Hetäre zusammenzuleben, denn weit besser sei es, der Tugend vor der Sinnenlust den Vorzug zu geben.«

Drosis Möge er das nächste Jahr nicht erleben, der alberne Schwätzer, der so etwas dem jungen Mann beibringt!

Chelidonion ... »So bleibt mir nichts anderes übrig, als ihm zu gehorchen; denn er paßt genau auf und läßt mich nicht aus den Augen; ja, ich darf keinen andern ansehen als nur ihn. Für den Fall, daß ich ein keusches Leben führe und ihm in allen Stücken gehorche, verspricht er mir volle Glückseligkeit und den Preis der Tugend; allerdings müßte ich dazu vorher mühevolle Arbeit ertragen lernen. Um dir diesen Brief zu schreiben, habe ich mich von ihm wegstehlen müssen, und zwar unter großen Schwierigkeiten. So leb mir denn wohl und denke an deinen Kleinias!«

Drosis Was hältst du von dem Brief, Chelidonion?

Chelidonion Das klingt alles grausam und barbarisch; aber der Schluß »denke an deinen Kleinias« läßt doch noch einen Schimmer von Hoffnung zu.

Drosis Ich hatte denselben Eindruck; auf jeden Fall verzehre ich mich vor Liebe. Allerdings sagte Dromon, Aristainetos sei ein Päderast, und der Unterricht

diene ihm nur zum Vorwand, um mit den blühendsten Jünglingen zusammen zu sein; er halte unter vier Augen Kleinias große Reden und mache ihm gewisse Versprechungen mit dem Hinweis, er werde ihn den Göttern gleichmachen. Er liest mit ihm auch gewisse erotische Gespräche der alten Philosophen, die sie mit ihren Schülern führten, und ist überhaupt nur noch um den Jüngling herum. Dromon sprach auch davon, Kleinias' Vater die Sache hinterbringen zu wollen.

Chelidonion Drosis, du hättest Dromon den Bauch entsprechend füllen müssen.

Drosis Das habe ich auch getan, er ist aber ohnehin der meinige; denn er ist ganz scharf auf Nebris.

Chelidonion Nun, dann verliere den Mut nicht; es wird noch alles gut werden. Ich denke, ich bringe an der Wand im Kerameikos, wo Architeles spazierenzugehen pflegt, eine Inschrift an mit dem Wortlaut: »Aristainetos verdirbt Kleinias«, um auch von dieser Seite aus Dromons verleumderischer Anklage Halt und Nachdruck zu geben.

Drosis Wie willst du sie anmalen, ohne daß es jemand merkt?

Chelidonion Während der Nacht, Drosis, mit irgendeinem Stück Kohle.

Drosis Gut, Chelidonion, streite nur gegen das Großmaul Aristainetos wacker mit!

1 Tor im Nordwesten von Athen zwischen dem inneren und dem äußeren Kerameikos

11

TRYPHAINA · CHARMIDES

Tryphaina Hat man so etwas schon erlebt, daß einer sich eine Hetäre nimmt, fünf Drachmen bezahlt, ihr dann den Rücken zukehrt und die ganze Nacht hindurch heulend und stöhnend neben ihr liegt? Schon zum Trinken, denk' ich, hattest du keine Lust, du wolltest aber auch nicht allein speisen. Sogar beim Essen konntest du die Tränen nicht unterdrücken; ich sah es wohl. Und jetzt hast du nicht aufgehört zu schluchzen wie ein kleines Kind. Warum tust du das, Charmides? Verheimliche es mir nicht, damit ich wenigstens das von dieser Nacht habe, die ich schlaflos mit dir verbrachte.

Charmides Die Liebe richtet mich zugrunde, Tryphaina, und ich habe nicht mehr die Kraft, den Sturm der Leidenschaft zu bekämpfen.

Tryphaina Nun, daß ich es nicht bin, die du liebst, ist klar; denn obwohl du mich haben konntest, kümmertest du dich nicht um mich, stießest mich weg, als ich dich umarmen wollte, und errichtetest schließlich mit deinem Mantel eine Scheidewand zwischen uns aus Furcht, ich könnte dich berühren. Doch sage, wer ist die Erwählte deines Herzens? Vielleicht kann ich dir in deinen Liebesangelegenheiten von Nutzen sein; denn ich weiß, wie man solche Dinge behandeln muß.

Charmides Du kennst sie sicherlich sehr gut und ebenso sie dich; denn sie ist keine unbekannte Hetäre.

Tryphaina Wie heißt sie denn, Charmides?

Charmides Philemation, Tryphaina.

Tryphaina Welche meinst du? Es gibt zwei: die aus dem Piräus, die eben erst ihre Jungfernschaft verloren hat und mit der Damylos, der Sohn des jetzigen Strategen, ein Verhältnis hat, und die andere, die mit Spitznamen »die Schlinge« heißt.

Charmides Die, und ich Besessener bin von ihr gefangen und rettungslos in der Schlinge verstrickt.

Tryphaina Also um die hast du so geweint?

Charmides Allerdings.

Tryphaina Liebst du sie schon lange, oder ist der Kult, den du mit ihr treibst, jüngeren Datums?

Charmides Es ist nichts Neues; vielmehr geht die Sache nun schon fast sieben Monate, von den Dionysien ab gerechnet, wo ich sie zum ersten Male sah.

Tryphaina Hast du nur ihr Gesicht und was man sonst zu zeigen pflegt oder sie ganz gesehen und sie dir genau betrachtet, wie man es bei einer Frau tun müßte, die bereits fünfundvierzig ist?

Charmides Aber nein doch, sie schwört darauf, im künftigen Elaphebolion[1] erst zweiundzwanzig zu werden.

Tryphaina Wem darfst du mehr trauen, ihren Eiden

oder deinen Augen? Sieh dir einmal kritisch ihre Schläfen an und achte genau auf die Stellen, wo sie ihr eignes Haar hat; alles übrige ist tiefsitzende Perücke. Wenn das Mittel nachläßt, mit dem sie es färbt, zeigen sich an den Schläfen schon viele graue Stellen. Dringe einmal darauf, sie nackt zu sehen.

Charmides Das hat sie mir immer verweigert.

Tryphaina Begreiflicherweise; denn sie war sich darüber klar, daß dich vor ihren weißen Pickeln ekeln würde. Vom Hals bis zu den Knien sieht sie ganz aus wie eine Pantherkatze. Und da weintest du dir die Augen aus, daß du mit so einer keinen Verkehr hast? Hat sie vielleicht sogar an dir ihre üble Laune ausgelassen und dich zurückgesetzt?

Charmides Allerdings, Tryphaina, obwohl sie schon so viel von mir bezog. Und als ich ihr jetzt die tausend Drachmen, die sie von mir haben wollte, nicht ohne weiteres geben konnte, weil ich von meinem sparsamen Vater abhängig bin, der für mich aufkommt, ließ sie den Moschion ein und schloß mich aus. Dafür wollte ich sie meinerseits ärgern, und eben deshalb habe ich dich herkommen lassen.

Tryphaina Bei Aphrodite, ich wäre nicht gekommen, wenn mir einer vorher gesagt hätte, ich würde nur dazu geholt, einer andern eins auszuwischen, und ausgerechnet der Philemation, diesem lebenden Leichnam. Doch ich gehe, denn der Hahn hat schon zum drittenmal gekräht.

Charmides Nicht so eilig, liebe Tryphaina; wenn es wahr ist, was du von Philemation sagst, die Geschichte mit der Perücke und daß sie sich das Haar färbt und das mit den weißen Pusteln, dann wäre ich nicht imstande, sie auch nur anzusehen.

Tryphaina Frage deine Mutter, ob sie einmal mit ihr zusammen im Bade gewesen ist; und was ihre Jahre anbetrifft, so dürfte dir vollends darüber dein Großvater, wenn er noch leben sollte, genauen Bescheid geben.

Charmides Also wenn es so mit ihr steht, mag nunmehr die Scheidewand zwischen uns fallen; wir wollen uns herzen und küssen und uns in wahrer Liebe vereinigen; Philemation aber ist für mich erledigt und kann mich im Mondschein besuchen!

1 *Mitte März bis Mitte April*

12

IOËSSA · PYTHIAS · LYSIAS

Ioëssa Du bist kalt gegen mich, Lysias? Geschieht mir schon recht; habe ich doch nie Geld von dir verlangt oder dir die Tür gewiesen mit dem Hinweis: »'s ist ein andrer drin«, und dich nicht veranlaßt, deinen Vater zu betrügen oder der Mutter heimlich etwas zu stibitzen, damit du es mir brächtest, wie es die anderen machen, sondern dich gleich von Anfang an eingelassen ohne jede Bezahlung oder einen Zuschuß zu den Spesen. Du weißt, wieviel Liebhaber ich abgewiesen habe: Theokles, den jetzigen Prytanen, den Reeder Pasion und deinen Kameraden Melissos, obwohl kürzlich sein Vater gestorben ist und er über dessen Vermögen verfügt. Du warst mein einziger, mein Phaon[1]; keinen andern sah ich an, und nur dich ließ ich zu mir; denn in meiner Torheit glaubte ich deinen Schwüren, und daher hatte ich für keinen andern etwas übrig und lebte solid wie Penelope, obwohl meine Mutter ein Geschrei erhob und bei den Freundinnen ihrem Ärger darüber Luft machte. Doch sobald dir klar war, daß ich mich in Sehnsucht nach dir verzehrte und du mich in der Hand hattest, da schäkertest du, um mir weh zu tun, bald vor meinen Augen mit Lykaina herum, bald priesest du, wenn du mit mir zu Tisch lagst, die Lautenschlägerin

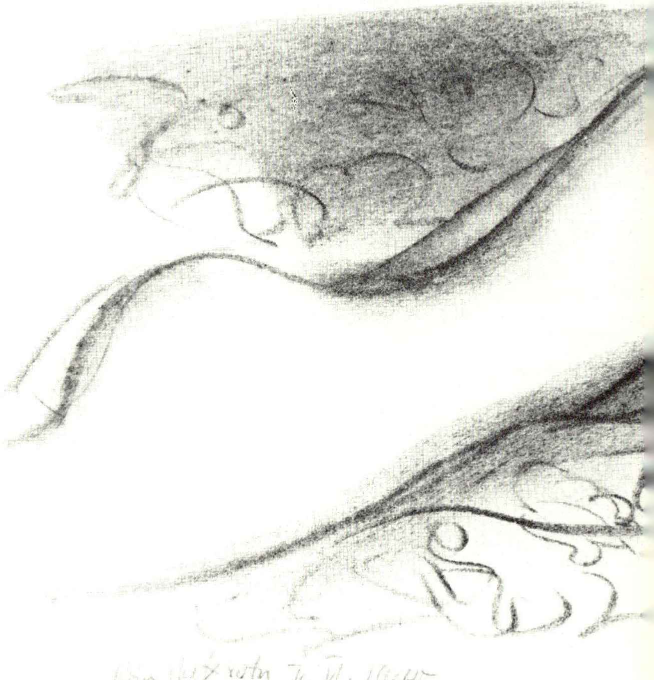

Magidion; ich aber kann dabei die Tränen nicht unterdrücken und fühle die Absicht heraus, mich zu verletzen. Neulich, als ihr, Thrason, Diphilos und du, miteinander zechtet, waren auch die Flötenspielerin Kymbalion und meine Feindin Pyrallis zugegen. Daß du da Kymbalion fünfmal küßtest, berührte mich nicht sonderlich, denn durch die Küsserei mit so einer entehrtest du dich nur selbst; aber obwohl du wußtest, daß wir uns nicht ausstehen können, mußtest du Pyrallis wer weiß wie oft zunicken, und wenn du getrunken hattest, zeigtest du ihr unauffällig den Becher, gabst ihn dann dem Diener und flüstertest ihm ins Ohr, wenn jene ihn nicht verlange, solle er ihn für keinen andern füllen. Schließlich bissest du in einen Apfel, und als du sahst, daß Diphilos nicht achtgab, weil er gerade mit Thrason schwatzte, beugtest du dich etwas vor und warfst ihn ihr mit einem gutgezielten Schuß gerade in den Schoß, ohne auch nur den Versuch zu machen, es mich nicht merken zu lassen. Sie küßte ihn und schob ihn unter die Binde zwischen ihre Brüste. Warum tust du das? Welches große oder auch nur geringfügige Unrecht habe ich dir zugefügt? Womit dich gekränkt? Wen habe ich sonst noch angesehen? Lebe ich nicht nur für dich? Das ist kein Heldenstück, Lysias, einem armen Weibchen weh zu tun, das rasend in dich verliebt ist. Es gibt im Himmel eine Adrasteia, die so etwas sieht! Es wird dir vielleicht noch einmal einen Stich geben, wenn du hörst, daß ich mich mit einer Schlinge erdrosselt oder kopfüber in einen Brunnen gestürzt habe; eine Todesart werde ich schon finden, um dir nicht mehr durch meinen Anblick lästig zu fallen. Dann kannst du dich wie ein Triumphator in die Brust werfen, als hättest du eine herrliche große Tat vollbracht. – Was siehst du mich so finster an und knirschst mit den Zähnen? Wenn du mir etwas vorzuwerfen hast, so sage es, Pythias soll unsere Richterin sein. – Was soll das heißen? Du verläßt mich, gehst weg, ohne zu antworten? Da siehst du, meine Pythias, wie Lysias mich behandelt.

Pythias So eine Roheit! Nicht einmal durch Tränen läßt er sich rühren! Das ist ein Stein und kein Mensch. Indes, wenn ich die Wahrheit sagen soll, Ioëssa: *Du* bist's, die ihn verdorben hat dadurch, daß du ihn unsinnig liebtest und ihm das zu verstehen gabst. Du hättest ihn nicht so schwärmerisch anbeten sollen. Sie werden eingebildet, wenn sie es merken. Du Arme, höre auf mit Weinen, und wenn du meinem Rate folgst, so läßt du ihn, wenn er kommt, ein- oder zweimal nicht ein, und du wirst sehen, er brennt lichterloh, und es ist an ihm, wahrhaft verrückt zu sein nach dir.

Ioëssa Geh, sage doch so etwas nicht! Ich Lysias nicht einlassen? Gebe der Himmel, daß er nicht vorher Schluß macht und sich von mir trennt!

Pythias Aber da kommt er ja wieder!

Ioëssa Du hast uns ins Verderben gestürzt; vielleicht hat er gehört, wie du sagtest: »Laß ihn nicht ein!«

Lysias Nicht um dieser Person willen bin ich wieder

da, denn so eine wie die möchte ich nicht einmal mehr ansehen, sondern um deinetwillen, damit du mich nicht verdammst und sagst, ich sei hartherzig.

Pythias Das habe ich auch tatsächlich gesagt, Lysias.

Lysias Du willst also, Pythias, ich soll ruhig mitansehen, wie sich Ioëssa benimmt, die jetzt in Tränen aufgelöst ist und neben der ich doch unlängst gestanden habe, als sie in offenbarer Untreue gegen mich mit einem jungen Mann zusammen schlief?

Pythias Lysias, mit einem Wort: Sie ist eine Hetäre. Doch wie kam es, daß du die beiden erwischtest?

Lysias Das ist ungefähr sechs Tage her; richtig, genau sechs Tage, es war der zweite seit Monatsbeginn, heute ist der siebente. Mein Vater, dem bekannt war, daß ich dieses prächtige Mädchen leidenschaftlich liebte, hatte mich eingeschlossen und dem Türhüter untersagt, mir das Tor zu öffnen; doch ich ertrug es nicht, von ihr getrennt zu sein, und gebot Dromon, sich an der niedrigsten Stelle der Hofmauer niederzuducken und mich auf den Rücken zu nehmen; denn so mochte ich leichter über sie hinwegklettern. Was soll ich viele Worte machen? Ich schwang mich hinüber, kam hin und fand die Hoftür fest verschlossen; denn es war schon Mitternacht. Also klopfte ich nicht an, sondern hob behutsam die Tür aus den Angeln, wie ich auch schon manches andere Mal getan hatte, und trat geräuschlos ein. Alles schlief; da taste ich mich an der Mauer entlang und trete an ihr Bett.

Ioëssa Heilige Demeter, was wird er noch alles vorbringen!

Lysias Als ich nicht nur *eines* Menschen Atem spürte, dachte ich zunächst, Lyde schlief bei ihr; das war aber nicht der Fall, Pythias, vielmehr entdeckte ich, als ich mit der Hand darüber hinfuhr, einen noch bartlosen, ganz zarten, jungen Burschen, der kahlgeschoren war und nach Salbe duftete. Hätte ich ein Schwert bei mir gehabt, ich hätte bei dieser Wahrnehmung keinen Augenblick gezögert; das versichere ich euch. – Warum lacht ihr, Pythias? Kommt dir, was ich erzähle, so lächerlich vor?

Ioëssa Das war's, was dich so verstimmt hat, Lysias? Nun, diese selbe Pythias hat bei mir geschlafen.

Pythias Nicht weiter, Ioëssa, ich bitte dich!

Ioëssa Warum soll ich es nicht sagen? Liebster, ich hatte sie rufen lassen mit der Bitte, doch die Nacht bei mir zuzubringen; denn ich war betrübt, daß ich dich nicht hatte.

Lysias Pythias der Kurzgeschorene? Und da hat sie innerhalb von sechs Tagen so viel Haare bekommen?

Ioëssa Ihre Krankheit war die Ursache, daß sie sich ihre Haare scheren ließ; sie fielen ihr nämlich aus, und darum trägt sie auch jetzt die Perücke. Nimm sie ab, Pythias, zeige ihm, daß es so ist, überzeuge ihn. Sieh, da ist der Jüngling, der Buhle, auf den du eifersüchtig bist.

Lysias Mußte ich es nicht sein, wo ich ihn mit meinen Händen gefühlt hatte und dich doch liebte?

Ioëssa Also du weißt nun, woran du bist, und kannst beruhigt nach Hause gehen; soll ich dir jetzt meinerseits böse sein? Grund genug hätte ich, dir zu zürnen.

Lysias Nein, nur das nicht! Laß uns lieber gleich zum Trinken übergehen, und Pythias soll mit uns feiern; sie verdient es, bei unserm Friedensschluß dabei zu sein.

Ioëssa Sie soll es. Was habe ich durch dich für Kummer gehabt, Pythias, du echtester aller Jünglinge!

Pythias Aber ich habe euch auch wieder ausgesöhnt; deshalb darfst du mir nicht böse sein. – Und noch eins, Lysias, nicht wahr, die Sache mit der Perücke bleibt unter uns?

1 *Geliebter der Sappho*

13

LEONTICHOS · CHENIDAS · HYMNIS

Leontichos Und dann in der Schlacht gegen die Galater – sage es nur, Chenidas, wie ich vor den andern Reitern auf dem weißen Roß einhersprengte und wie die Galater, die doch streitbare Männer sind, sogleich zitterten und bebten, als sie mich erblickten, und keiner mehr wagte, mir entgegenzutreten. Da also schleuderte ich meinen Wurfspieß mit solcher Wucht, daß er ihren Reiteroberst und sein Pferd durchbohrte. Gegen den Trupp, der sich noch hielt – einige von ihnen hatten nämlich nach Auflösung der Phalanx ein Karree gebildet und standen noch an Ort und Stelle –, gegen die also brause ich mit gezogenem Schwert und allem mir zur Verfügung stehenden Elan heran und reiße ungefähr sieben der Vordersten mit meinem in vollem Lauf anstürmenden Pferd zu Boden, führe mit meinem Schwert einen Streich gegen einen ihrer Rittmeister und spalte ihm den Kopf mitsamt dem Helm in zwei Teile; und kurz darauf erschient ihr, Chenidas, aber da waren schon alle auf der Flucht.

Chenidas Und, Leontichos, was hast du nicht damals, als du in der Nähe von Paphlagonien[1] den Zweikampf mit dem Satrapen bestandest, für eine große Leistung vollbracht!

Leontichos Gut, daß du mich an diese Tat erinnert hast; sie war wahrlich nicht von schlechten Eltern. Der Satrap, ein Mann von gewaltiger Größe, der in dem Ruf stand, der beste Fechter in schweren Waffen zu sein, und griechisches Wesen verachtete, sprengte in den Raum zwischen den beiden Heeren und forderte für den Fall, daß einer Lust hätte, mit ihm anzubinden, diesen zum Zweikampf heraus. Alle andern ließen sich dadurch ins Bockshorn jagen, die Hauptleute, die Obersten und sogar der Feldherr selbst, obwohl er kein feiger Mann war: es führte uns nämlich Aristaichmos aus Ätolien, ein ganz vorzüglicher Wurfschütze, und ich hatte nur Befehlsgewalt über tausend Mann. Trotzdem nahm ich das Wagnis auf mich, wies die Kameraden, die mich zurückhalten wollten, von mir – denn es war ihnen angst um mich, als sie den gewaltigen Barbaren erblickten, dessen vergoldete Rüstung in der Sonne erglänzte und dessen Helmbusch und geschwungene Lanze in der Tat einen fürchterlichen Eindruck erweckten –

Chenidas Ja, auch ich war damals in Angst und Sorge, Leontichos, und du weißt, wie ich versuchte, dich zurückzuhalten, und dich bat, dich doch nicht mehr als die andern in Gefahr zu begeben; denn wenn du gefallen wärest, hätte ich nicht mehr leben mögen.

Leontichos Also ich wagte es und trat vor die Front, nicht schlechter gerüstet als der Paphlagonier, sondern auch ich ganz in Gold. So erhob sich denn ein Geschrei auf unserer wie auf der Barbaren Seite; denn auch sie hatten mich erkannt, als sie mich erblickten, besonders an meinem runden Schild, den Wülsten über dem Helm und meinem Helmbusch. Sage, Chenidas, wem glich ich damals nach allgemeiner Ansicht?

Chenidas Wem sonst, bei Zeus, als Achill, dem Sohne der Thetis und des Peleus; so stand dir der Helm, so schmückte dich dein purpurner Waffenrock, so blinkte dein Schild.

Leontichos Als wir nun handgemein wurden, brachte mir zuerst der Barbar eine leichte Wunde bei dergestalt, daß er mich mit seinem Speer über dem Knie oberflächlich streifte; aber ich jage meine mazedonische Lanze durch seinen Schild und stoße sie ihm durch die Brust hindurch, dann springe ich hinzu, trenne ihm ohne weiteres den Kopf vom Rumpf und kehre mit seinen Waffen und dem auf die Lanze gespießten Kopf über und über blutbespritzt zum Heer zurück.

Hymnis Halt ein, Leontichos, gräßlich und fürchterlich ist, was du da von dir erzählst; man möchte dich gar nicht mehr ansehen, wenn du so deine Freude hast am Mordblut, geschweige denn mit dir trinken oder schlafen. Ich jedenfalls gehe weg!

Leontichos Hör doch, nimm von mir das Doppelte!

Hymnis Nein, ich kann es nicht fertigbringen, bei einem Mörder zu schlafen.

Leontichos Hab keine Angst, liebe Hymnis, das war

bei den Paphlagoniern; jetzt bin ich der friedfertigste Mensch unter der Sonne.

Hymnis Aber du hast einen Mord auf dem Gewissen, und das Blut vom Haupt des Barbaren, das du auf deiner Lanze trugst, troff an dir herab. Und so einen Mann soll ich in meine Arme nehmen und küssen? Ihr Göttinnen der Anmut, das sei ferne von mir! Der ist ja um nichts besser als der Scharfrichter!

Leontichos Wahrhaftig, wenn du mich in meiner Rüstung gesehen hättest, ich bin sicher, du hättest mich begehrt!

Hymnis Wenn ich nur davon höre, Leontichos, wird mir schlecht, und es läuft mir ein Schauder über den Rücken, und ich glaube die Schatten und Schemen der Ermordeten zu sehen und besonders den des armen Rittmeisters, dem du den Kopf in zwei Hälften gespalten hast. Was meinst du, in welchem Zustand ich gewesen wäre, hätte ich die Tat selber und das Blut und die Toten auf dem Schlachtfeld liegen sehen! Ich glaube, ich wäre gestorben, ich, die ich nie sehen konnte, wie auch nur einem Hahn der Hals umgedreht wurde!

Leontichos So feige und kleinmütig bist du, Hymnis? Ich dachte, es würde dir Freude machen, von meinen Abenteuern zu hören.

Hymnis Mit diesen deinen Erzählungen magst du Weibern, wie es die Frauen von Lemnos oder die Töchter des Danaos waren, einen Genuß verschaffen, wenn du welche findest; *ich* laufe zur Mutter, solange es noch Tag ist. Komme auch du mit, Grammis; und du lebe wohl, trefflichster aller Kommandeure und Mörder so vieler Männer, wie dich nur immer gelüstet!

Leontichos Bleibe doch, meine Hymnis, bleibe! – Da ist sie fort.

Chenidas Leontichos, du hast aber auch das simple Mädchen gar zu sehr in Schrecken gesetzt mit deinem wehenden Helmbusch und der Schilderung unglaublicher Heldentaten. Doch ich sah gleich, wie sie blaß wurde, als du noch bei der Geschichte mit dem Rittmeister warst, wie sie das Gesicht verzog und unwillkürlich zusammenfuhr, als du sagtest, du habest ihm den Kopf gespalten.

Leontichos Ich dachte, das würde mich bei ihr in ein besseres Licht setzen und ihre Liebe anfachen. Aber Chenidas, auch du hast zu meinem Unglück beigetragen dadurch, daß du mich auf die Idee mit dem Zweikampf brachtest.

Chenidas Es blieb mir nichts anderes übrig; denn ich merkte, warum du die ganze Aufschneiderei zusammenphantasiertest. Daß du dem unglückseligen Paphlagonier den Kopf abschlugst, mochte noch hingehen; aber warum mußtest du ihn auch noch auf die Lanze spießen und das Blut an dir herunterfließen lassen?

Leontichos Das war tatsächlich zum Gruseln, Chenidas; das übrige war nicht schlecht erfunden. Geh denn und bringe sie dazu, daß sie bei mir schläft.

Chenidas Ich soll also sagen, alles sei erstunken und erlogen, und du hättest nur in ihren Augen als Held erscheinen wollen?

Leontichos Chenidas, das ist schmachvoll.

Chenidas Doch anders dürfte sie nicht kommen. Du stehst also vor der Wahl, entweder ein Vorbild der Tapferkeit abzugeben und ihren Abscheu in Kauf zu nehmen oder zuzugeben, daß du geschwindelt hast, und sie in deinem Bett zu haben.

Leontichos Beides ist hart; doch ich ziehe Hymnis vor. Geh also, Chenidas, und sage ihr, ich hätte zwar geflunkert, aber etwas sei schon dran!

1 *kleinasiatische Landschaft mit Halys*

14
DORION · MYRTALE

Dorion Jetzt weist du mich fort, Myrtale, jetzt, wo ich arm geworden bin durch dich! Als ich dir so viel mitbrachte, da war ich alles: dein Schatz, dein Mann, dein Gebieter. Nun, wo ich völlig auf dem trocknen sitze und du in dem Großkaufmann aus Bithynien[1] einen neuen Liebhaber gefunden hast, werde ich nicht eingelassen und stehe vor der Tür mit Tränen im Auge. Mit ihm hingegen wird geliebt die Nächte hindurch, nur er darf hinein und seine Liebesfeier mit dir halten bis zum frühen Morgen; ja, du behauptest sogar, von ihm schwanger zu sein.

Myrtale Dein Gerede bringt mich noch um, Dorion, besonders wenn du sagst, du hättest mir viel geschenkt und wärest durch mich an den Bettelstab gekommen. Rechne doch einmal von Anfang an alles zusammen, was du mir gebracht hast.

Dorion Gut, Myrtale, laß uns rechnen. Zunächst die Sandalen aus Sikyon[2] für zwei Drachmen. Setze hin: zwei Drachmen.

Myrtale Dafür warst du zwei Nächte bei mir.

Dorion Und als ich von Syrien zurückkam, ein phönikisches Salbenbüchschen, auch das – beim Poseidon! – zwei Drachmen wert.

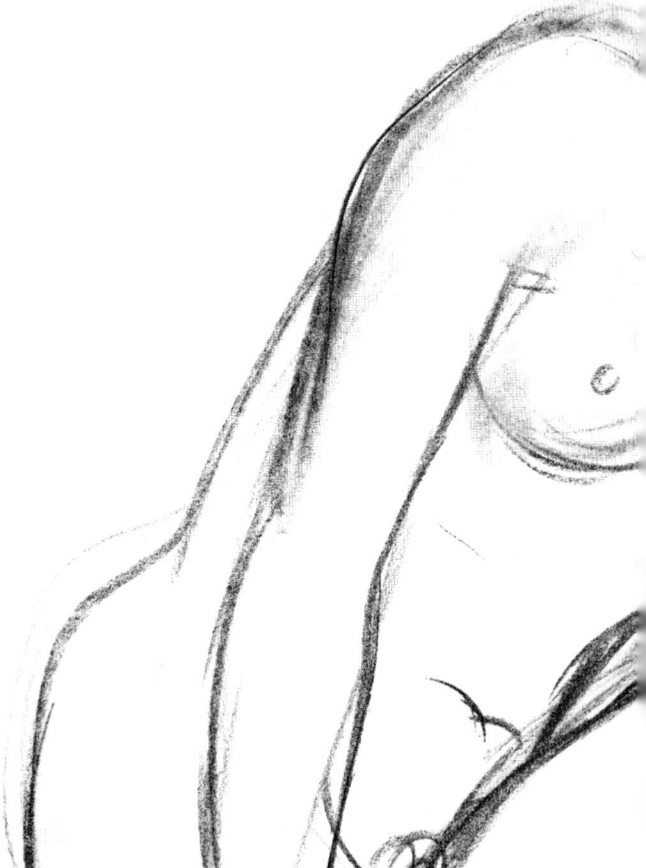

11 VI 1940

Myrtale Aber ich gab dir dafür, als du in See stachst, den kurzen, bis zu den Hüften reichenden Rock mit, damit du ihn beim Rudern tragen könntest. Der Hochbootsmaat Epiuros hatte ihn versehentlich bei uns liegenlassen, als er bei mir schlief.

Dorion Er erhielt ihn zurück, als er ihn kürzlich in Samos wiedererkannte; wir haben uns weiß Gott genug darüber in den Haaren gelegen. Dann brachte ich die Zwiebeln von Zypern, fünf Salzheringe und vier Barsche mit, als wir vom Bosporus heimsegelten. Ferner acht Stück trockenen Schiffszwieback in einem Korb, einen großen Topf karische Feigen und später aus Patara[3] vergoldete Sandalen, du undankbares Weib. Halt, da fällt mir noch der große Käse aus Gythion[4] ein.

Myrtale Dorion, das Ganze insgesamt für vielleicht fünf Drachmen?

Dorion Myrtale, das ist alles, was eben ein einfacher Matrose, der auf seinen Lohn angewiesen ist, aufzubringen vermochte. Nun habe ich es endlich zum Aufseher an Steuerbord gebracht; aber *du* hast für mich nur Verachtung übrig. Dabei habe ich doch erst kürzlich an den Aphrodisien eine Silberdrachme um deinetwillen der Göttin zu Füßen gelegt, dann wieder deiner Mutter zwei Drachmen für Schuhe gegeben und deiner Lyde wiederholt bald zwei, bald vier Obolen in die Hand gedrückt. Das alles zusammengerechnet machte den Besitz eines Seemanns aus.

Myrtale Die Zwiebeln und die Salzheringe, Dorion?

Dorion Allerdings; mehr konnte ich nicht bringen; ich hätte nicht an den Riemen gesessen, wenn ich reich wäre. Meiner Mutter habe ich niemals auch nur eine Knoblauchzehe gebracht. Doch es läge mir daran zu erfahren, was für Geschenke dir der Bithynier gemacht hat.

Myrtale Erst mal das Kleidchen hier, siehst du? Das hat er mir gekauft, und dann die schwere Halskette.

Dorion Der? Die kannte ich an dir schon lange.

Myrtale Aber die, die du meinst, war viel dünner und hatte keine Smaragden. Und die Ohrringe hier und den Teppich und erst neulich zwei Minen, und dann hat er die Miete für uns bezahlt, nicht bloß ein Paar Sandalen aus Patara, gythischen Käse und solche Lappalien.

Dorion Aber das sagst du nicht, was das für ein Mann ist, der mit dir zu Bett geht! Weit über die Fünfzig ist er hinaus, hat eine Glatze und eine Hautfarbe wie ein Krebs. Und dann seine Zähne. Ihr guten Dioskuren, seine Reize sind gewaltig und ganz besonders, wenn er singt und recht schön tun will; das ist geradeso, wie wenn der Esel Zither spielt.[5] Meinen Glückwunsch zu ihm, du bist ihn wert, und euer Söhnchen möge dem Vater ähnlich werden! Ich für meine Person werde schon eine Delphis oder Kymbalion finden, die meinen Verhältnissen entspricht; es kann auch eure Nachbarin, die Flötenspielerin, sein oder sonst irgendeine. Nicht jedermann kann eure Dienste mit Teppichen, Halsketten und zwei Minen bezahlen!

Myrtale Die Glückliche, die dich, Dorion, zum Geliebten haben wird! Du wirst ihr Zwiebeln aus Kypros bringen und Käse, wenn du von Gythion heimkehrst.

1 asiatische Landschaft am Schwarzen Meer; bithynischer Großkaufmann: Inbegriff des Reichtums 2 Stadt nw. von Korinth 3 Seestadt Lykiens an der kleinasiat. Südküste 4 Seestadt Lakoniens 5 sprichwörtlich

15
KOCHLIS · PARTHENIS

Kochlis Warum weinst du, Parthenis, und woher kommst du mit den zerbrochenen Flöten?

Parthenis Der Soldat, der lange Ätoler, der in die Krokale verliebt ist, hat mich mit Schlägen traktiert, als ich bei ihr die Flöte blies. Sein Nebenbuhler Gorgos hatte mich hinbestellt, und als der Soldat mich dort vorfand, schlug er mein Instrument in Stücke, warf den Tisch um, an dem sie gerade aßen, und stieß den Krug zur Seite, so daß sich sein Inhalt auf den Boden ergoß. Den Bauer Gorgos zerrte er an den Haaren von der Tafel weg; dann nahmen sie ihn zwischen sich und schlugen ihn windelweich, er, der Soldat – Deinomachos heißt er, glaube ich –, und sein Kamerad, und mir ist ungewiß, ob der Mann überhaupt am Leben bleibt, Kochlis; denn das Blut floß ihm nur so aus der Nase, und sein ganzes Gesicht war geschwollen und blau unterlaufen.

Kochlis War der Mensch wahnsinnig, oder hatte er übermäßig getrunken, und sein Rausch artete in Gewalttätigkeit aus?

Parthenis Nein, Kochlis, es war gewissermaßen Eifersucht und grenzenlose Verliebtheit. Krokale hatte, glaube ich, zwei Talente verlangt, wenn er sie für sich allein haben wolle, und als ihr das Deinomachos verweigerte, schmiß sie ihm dem Vernehmen nach die Tür vor der Nase zu und ließ ihn nicht ein, als er wiederkam. Statt dessen nahm sie Gorgos, einen begüterten Bauern aus Oinoë[1], der sie seit langem liebt und ein ordentlicher Mensch ist, bei sich auf, wollte mit ihm ein Gläschen leeren und ließ mich dazuholen, damit sie eine Tafelmusik hätten. Als die Trinkerei schon im vorgeschrittenen Stadium war, brachte ich ein Liedchen im lydischen Ton. Der Bauer erhob sich schon, um zu tanzen, während Krokale in die Hände klatschte, und alles war in bester Stimmung, da vernahm man einen gewaltigen Lärm und Geschrei; die Hoftür wurde aufgestoßen, und gleich darauf stürzten ungefähr acht mächtige junge Kerle herein und der in Diensten Megaras Stehende[2] unter ihnen. Im Nu war alles durcheinandergebracht und das Oberste zuunterst gekehrt; Gorgos wurde, wie gesagt, elend verprügelt und, als er am Boden lag, mit den Füßen bearbeitet. Krokale war es – ich weiß nicht wie – gelungen, sich ohne Aufsehen noch rechtzeitig bei ihrer Nachbarin Thespias in Sicherheit zu bringen. Dafür ließ Deinomachos an mir seine Wut aus, schlug mich und warf mir mit dem Wunsche: »Daß du verreckst!« meine zerbrochenen Flöten an den Kopf. Jetzt eile ich, um meinen Herrn von der Sache in Kenntnis zu setzen; auch der Bauer geht und will einige seiner Freunde in der Stadt aufsuchen, die den Megarer vor die Prytanen bringen wollen.

Kochlis Das kommt dabei heraus, wenn man sich auf Liebschaften mit Soldaten einläßt; man erntet nur Schläge und streitet sich vor Gericht herum; wenn es nach ihren Worten geht, sind sie alle Heerführer und Kommandanten; sollen sie aber etwas geben, so verschanzen sie sich hinter die Ausrede: »Warte nur den Eingang der Staatsbeiträge ab; wenn ich meinen Sold erhalten habe, will ich schon alles tun.« Mögen sie alle draufgehen, diese großmäuligen Kerle! Jedenfalls tue ich gut daran, sie überhaupt nicht an mich herankommen zu lassen. Ich halte mich lieber an einen Fischer, einen Seemann oder einen Bauer, der sich nicht überhebt, sich wenig auf schöne Worte versteht und viel bringt, doch bei diesen Halunken, die immer nur ihre Helmbüsche schütteln und von ihren Schlachten erzählen, ist nichts dahinter, Parthenis, das sage ich dir!

1 attischer Bezirk 2 Gemeint ist der Ätoler

»VERSTEHT MICH BITTE NICHT SO RASCH!«

Zu Hein Heckroth
und seinen Zeichnungen

Die Verbindung von Lukian von Samosata und Hein Heckroth ist neu und ungewöhnlich. Heckroth hat Lukian nicht illustriert, es ist nicht einmal sicher, ob er diesen Text gekannt hat, obwohl er im Umgang mit antiken und klassischen Texten geübt war; in seinen zahlreichen Arbeiten für Theater, Film und Fernsehen erarbeitete er Ausstattungen und Dekorationen für z. B. *Richard II.* und den *Sommernachtstraum* von Shakespeare, *Ariadne auf Naxos* von Strauss, *Orpheus und Eurydike* von Gluck und siebzig weitere Stücke, Opern und Filme. Auch die Illustrierung erotischer Texte war ihm nicht fremd: in den sechziger Jahren erschienen die beiden Bände von Arthur Maria Rabenalt über *Erotisches Geheimtheater* und den *Marquis de Sade und das Theater* mit Zeichnungen von Heckroth.

Die zehn Zeichnungen, die dieser Ausgabe der *Hetärengespräche* beigegeben sind, sind Teil eines Zyklus von Aktzeichnungen, der innerhalb weniger Jahre (1936–1940) entstand. Bis auf die Blätter auf den Seiten 48/49 und 55 sind diese Zeichnungen unveröffentlicht; sie stammen aus dem Nachlaß Heckroths.

Hein Heckroth wurde am 14. April 1901 in Gießen in Hessen geboren. Nach seiner Lehre als Setzer und Buchdrucker (1915-1919) übersiedelt er im Jahre 1920 nach Frankfurt am Main, mit dem Wunsch, Maler zu werden. Er lernt in den beiden folgenden Jahren bei Professor Ludwig Gies am Städelschen Kunstinstitut und bei Reinhold Ewald an der Zeichenakademie in Hanau. Er heiratet 1924 die Künstlerin Ada Maier und geht im gleichen Jahr als Bühnenbildner nach Münster. 1925 porträtiert er Bertolt Brecht. 1926 Geburt der Tochter Renate. Die Städtischen Bühnen in Essen verpflichten Heckroth 1927 als künstlerischen Beirat; 1929 geht als Nachfolger von Caspar Neher an die Folkwangschule nach Essen. Hier leitet er das Ausstattungswesen und die Fachklasse für Bühnengestaltung. In den folgenden Jahren gehört er mit Otto Pankok, Gert Wollheim, Otto Dix und Max Ernst zum Kreis um die fast schon legendäre Mutter Ey in Düsseldorf, damals ein Zentrum der modernen Kunst im westlichen Deutschland. 1932 erhält er einen Ruf als Professor für die geplante Bühnenbildklasse an der Akademie der Bildenden Künste in Dresden, außerdem wird ihm der Kunstpreis der Rheinischen Sezession verliehen.

Der Faschismus vertreibt Ada und Hein Heckroth aus Deutschland. Heckroth flieht zunächst nach Holland, 1934 dann über Paris und London nach Dartington Hall im südlichen Devon. In Dartington Hall betreibt Dorothee Whitney Elmhurst eine Kunstschule, an der er unterrichten soll. Nach dem Ausbruch des Zweiten Weltkriegs wird Dartington Hall geschlossen, Heckroth geht wieder nach London, wird im Frühjahr 1940 interniert und in das Lager Hay in New South Wales in Australien deportiert. Er kann 1941 nach England zurückkehren. In den Jahren 1946 und 1947 arbeitet er fast ausschließlich an dem Film *The Red Shoes*, für den er 1949 den Oscar erhält. 1950 und 1951 entsteht der Film *The Tales of Hoffmann*; Hein Heckroth werden für diesen Film zwei Oscars verliehen. In dieser Zeit reist er zum ersten Mal wieder nach Deutschland, aber erst 1956 übersiedelt er endgültig. In den verbleibenden Jahren lebt und arbeitet er, von längeren Auslandsreisen unterbrochen, in Frankfurt am Main.

Hein Heckroth stirbt am 6. Juli 1970, während einer Urlaubsreise, in Alkmaar.

»Heckroth is a man who paints with taste and sensibility. He uses these gifts to convey a vision – his symbolic vision. Hein Heckroth's painting is an art of pure fantasy. His world is a fairyland of experiences – an intellectual fairyland«, so Alfred Hitchcock 1966.

Trotz seiner zahlreichen und arbeitsintensiven Tätigkeiten für Film und Theater (für *The Red Shoes* existieren 2000 Skizzen, Entwürfe und Zeichnungen) blieb Heckroth immer der Zeichner und Maler. Der Film hat ihn bekannt und berühmt gemacht; vielleicht etwas zum Nachteil für seine Malerei, die umfassender und stilistisch weitreichender ist. »Der Mensch als Bildnis oder als soziale Gruppe sind die Hauptthemen des Malers Heckroth, der sich stets in der Tradition der europäischen Figurenkomposition gesehen hat« (Karlheinz Gabler). Und ›klassisch‹ sind die Aktzeichnungen dieses Bandes sicherlich, einfache, aber sichere Zeichnungen, mit wenigen Strichen auf großformatige Bögen gezeichnet: Momentbilder, Augenblicksimpressionen von sinnlichen Frauen. Den Blättern sind keine Titel beigegeben, und außer der stilistischen Nähe ist kein Zusammenhang zu erkennen. Die weiche Form der Zeichnungen ist, für die Jahre der Entstehung dieser Zeichnungen, charakteristisch für Heckroths Werk, und sie ist es auch für diesen Zyklus von Aktzeichnungen, der wahrscheinlich als solcher nicht geplant war.

Die Zeichnungen Heckroths dienen nur peripher der Illustration des Lukianschen Textes, sie stehen inhaltlich verwandt neben diesem.

Durch Heckroths Vertreibung und Emigration gingen viele seiner Werke verloren, und die Museen und Galerien beginnen erst jetzt, sich für ihn zu interessieren und sein Werk und dessen Wirkung angemessen zu dokumentieren.

Nach der vorbildlichen Edition der Aquatinta-Radierungen *Die Blätter vom zerstörten Leben* durch Karlheinz Gabler werden hier erstmals Zeichnungen aus dem Nachlaß Heckroths veröffentlicht.

Besonderer Dank gilt Ada Heckroth, die in großzügigster Weise die Durchsicht der erhaltenen Blätter erlaubte und die Wiedergabe der Zeichnungen gestattete. Helgard Usadel und Karlheinz Gabler ist für die zeitweise Überlassung der in ihrem Besitz befindlichen Originale zu danken.

Klaus Schöffling

Romane, Erzählungen, Prosa

Apuleius. Der goldene Esel
Mit Illustrationen von Max Klinger zu »Amor und Psyche«. Aus dem Lateinischen von August Rode. Mit einem Nachwort von Wilhelm Haupt. it 146.

Honoré de Balzac. Die Frau von dreißig Jahren
Deutsch von W. Blochwitz. it 460
– Beamte, Schulden, Elegantes Leben
Eine Auswahl aus den journalistischen Arbeiten. Mit einem Nachwort herausgegeben von Wolfgang Drost und Karl Riha. Mit zeitgenössischen Karikaturen. it 346
– Das Mädchen mit den Goldaugen
Aus dem Französischen von Ernst Hardt. Vorwort Hugo von Hofmannsthal. Illustrationen Marcus Behmer. it 60

Joseph Bédier. Der Roman von Tristan und Isolde
Deutsch von Rudolf G. Binding. Mit Holzschnitten von 1484. it 387

Harriet Beecher-Stowe. Onkel Toms Hütte
In der Bearbeitung einer alten Übersetzung herausgegeben und mit einem Nachwort versehen von Wieland Herzfelde. Mit 27 Holzschnitten von George Cruikshank aus der englischen Ausgabe von 1852. it 272

Ambrose Bierce. Aus dem Wörterbuch des Teufels
Auswahl, Übersetzung und Nachwort von Dieter E. Zimmer. it 440
– Mein Lieblingsmord
Erzählungen. Aus dem Amerikanischen von G. Günther. it 39

Die Blümlein des heiligen Franziskus von Assisi
Aus dem Italienischen nach der Ausgabe der Tipografia Metastasio, Assisi 1901, von Rduolf G. Binding. Mit Initialen von Carl Weidemeyer. it 48

Giovanni di Boccaccio. Das Dekameron
Hundert Novellen. Ungekürzte Ausgabe. Aus dem Italienischen von Albert Wesselski und mit einer Einleitung versehen von André Jolles. Mit venezianischen Holzschnitten. Zwei Bände. it 7/8

Hermann Bote. Ein kurzweiliges Buch von Till Eulenspiegel aus dem Lande Braunschweig. Wie er sein Leben vollbracht hat. Sechsundneunzig seiner Geschichten.
Herausgegeben, in die Sprache unserer Zeit übertragen und mit Anmerkungen versehen von Siegfried H. Sichtermann. Mit zeitgenössischen Illustrationen. it 336

Romane, Erzählungen, Prosa

Emily Brontë. Die Sturmhöhe
Aus dem Englischen von Grete Rambach. it 141

Gottfried August Bürger. Wunderbare Reisen zu Wasser und zu Lande. Feldzüge und lustige Abenteuer des Freiherrn von Münchhausen. Mit Holzschnitten von Gustave Doré. it 207

Hans Carossa. Eine Kindheit und Verwandlungen einer Jugend
it 295/296

Lewis Carroll. Geschichten mit Knoten
Herausgegeben und übersetzt von W.E. Richartz. Mit Illustrationen von Arthur B. Frost. it 302

Miguel de Cervantes Saavedra. Der scharfsinnige Ritter Don Quixote von der Mancha
Mit einem Essay von Iwan Turgenjew und einem Nachwort von André Jolles. Mit Illustrationen von Gustave Doré. 3 Bände. it 109

Adelbert von Chamisso. Peter Schlemihls wundersame Geschichte
Nachwort von Thomas Mann. Illustriert von Emil Preetorius. it 27

James Fenimore Cooper. Die Lederstrumpferzählungen
In der Bearbeitung der Übersetzung von E. Kolb durch Rudolf Drescher. Mit Illustrationen von D.E. Darley. Vollständige Ausgabe. it 179 Der Wildtöter · it 180 Der letzte Mohikaner · it 181 Der Pfadfinder · it 182 Die Ansiedler · it 183 Die Prärie

Alphonse Daudet. Briefe aus meiner Mühle
Aus dem Französischen von Alice Seiffert. Mit Illustrationen. it 446
– Tartarin von Tarascon. Die wunderbaren Abenteuer des Tartarin von Tarascon.
Mit Zeichnungen von Emil Preetorius. it 84

Honoré Daumier. Robert-Macaire – Der unsterbliche Betrüger
Drei Physiologien. Aus dem Französischen von Mario Spiro. Herausgegeben und mit einem Nachwort versehen von Karl Riha. it 249

Romane, Erzählungen, Prosa

Daniel Defoe. Robinson Crusoe
Mit Illustrationen von Ludwig Richter. it 41

Charles Dickens. Lebensgeschichte und gesammelte Erfahrungen David Copperfields des Jüngeren. Zwei Bände.
Mit Illustrationen von Phiz. Nach der ersten Buchausgabe des Romans London 1850. it 468
– Oliver Twist
Aus dem Englischen von Reinhard Kilbel. Mit einem Nachwort von Rudolf Marx und 24 Illustrationen von George Cruikshank. Vollständige Ausgabe. it 242
– Weihnachtserzählungen
Mit Illustrationen. it 358

Denis Diderot. Die Nonne
Mit einem Nachwort von Robert Mauzi. Der Text dieser Ausgabe beruht auf der ersten deutschen Übersetzung von 1797. it 31

Annette von Droste-Hülshoff. Die Judenbuche. Ein Sittengemälde aus dem gebirgigen Westfalen. Mit Illustrationen von Max Unold. it 399

Alexandre Dumas. Der Graf von Monte Christo
Bearbeitung einer alten Übersetzung von Meinhard Hasenbein. Mit Illustrationen von Pavel Brom und Dagmar Bromova. Zwei Bände. it 266

Joseph Freiherr von Eichendorff. Aus dem Leben eines Taugenichts
Mit Illustrationen von Adolf Schrödter und einem Nachwort von Ansgar Hillach. it 202

Eisherz und Edeljaspis
Aus dem Chinesischen von Franz Kuhn. Mit Holzschnitten einer alten chinesischen Ausgabe. Mit einem Nachwort und Anmerkungen von Franz Kuhn. it 123

Paul Ernst. Der Mann mit dem tötenden Blick und andere frühe Erzählungen.
Herausgegeben von Wolfgang Promies. it 434

Romane, Erzählungen, Prosa

Gustave Flaubert. Bouvard und Pécuchet
Mit einem Vorwort von Victor Brombert und einem Nachwort von Uwe Japp. Mit Illustrationen von András Karakas. it 373
– Die Versuchung des heiligen Antonius
Aus dem Französischen übersetzt von Barbara und Robert Picht. Mit einem Nachwort von Michel Foucault. it 432
– Lehrjahre des Gefühls
Geschichte eines Jungen Mannes, übertragen von Paul Wiegler. Mit einem Essay »zum Verständnis des Werkes« und einer Bibliographie von Erich Köhler. it 276
– Madame Bovary
Revidierte Übersetzung aus dem Französischen von Arthur Schurig it 167
– Salammbô
Herausgegeben und mit einem Nachwort versehen von Monika Bosse und André Stoll. Mit Abbildungen. it 342
– Ein schlichtes Herz. it 110

Theodor Fontane. Effi Briest
Mit Lithographien von Max Liebermann. it 138
– Der Stechlin
Mit einem Nachwort von Walter Müller-Seidel. it 152
– Unwiederbringlich
Roman. it 286

Friedrich Gerstäcker. Die Flußpiraten des Mississippi
Roman. Mit einem Nachwort von Harald Eggebrecht. it 435

Johann Wolfgang Goethe. Wilhelm Meisters Lehrjahre
Herausgegeben von Erich Schmidt. Mit sechs Kupferstichen von F. L. Catel. Sieben Musikbeispiele und Anmerkungen. it 475
– Novellen
Herausgegeben und mit einem Nachwort versehen von Katharina Mommsen. Mit Federzeichnungen von Max Liebermann. it 425
– Reineke Fuchs
Mit Stahlstichen von Wilhelm von Kaulbach. it 125
– Die Wahlverwandtschaften
Mit einem Essay von Walter Benjamin. it 1
– Die Leiden des jungen Werther
Mit einem Essay von Georg Lukács »Die Leiden des jungen Werther«. Nachwort von Jörn Göres »Zweihundert Jahre Werther«. Mit Illustrationen von David Chodowiecki und anderen. it 25